# Bianca

# ENAMORADA DE
# MI MARIDO

## Kate Hewitt

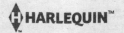
HARLEQUIN™

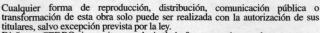

Editado por Harlequin Ibérica.
Una división de HarperCollins Ibérica, S.A.
Núñez de Balboa, 56
28001 Madrid

© 2019 Kate Hewitt
© 2020 Harlequin Ibérica, una división de HarperCollins Ibérica, S.A.
Enamorada de mi marido, n.º 2754 - 22.1.20
Título original: Claiming My Bride of Convenience
Publicada originalmente por Harlequin Enterprises, Ltd.

I.S.B.N.: 978-84-1328-774-4
Depósito legal: M-35811-2019
Impreso en España por: BLACK PRINT
Fecha impresion para Argentina: 20.7.20
Distribuidor exclusivo para España: LOGISTA
Distribuidor para México: Distibuidora Intermex, S.A. de C.V.
Distribuidores para Argentina: Interior, DGP, S.A. Alvarado 2118.
Cap. Fed./Buenos Aires y Gran Buenos Aires, VACCARO HNOS.

# Capítulo 1

D E LAS puertas abiertas del salón de baile salían risas y el tintineo del cristal más fino y caro. Se me aceleró el corazón y se me encogió el estómago. ¿De verdad podía hacerlo?

Sí, tenía que hacerlo porque la alternativa era volver a casa y pasar más años, probablemente muchos más, esperando y dudando.

He de admitir que en ese momento me sentía muy tentada de salir corriendo de ese lujoso hotel situado en la plaza más sofisticada de Atenas y volver a la seguridad de Amanos, pero no. Había llegado demasiado lejos como para salir corriendo como una niña asustada. Era una mujer, una mujer casada, y después de tres años de matrimonio por fin iba a plantarle cara a mi marido… aunque para eso primero tenía que encontrarlo.

Me puse derecha y me estiré el vestido que había comprado esa mañana en una de las *boutiques* más lujosas de Atenas. Las dependientas se habían mirado conteniendo la risa al oírme tartamudear cuando lo pedí; tenía mucho dinero pero poco conocimiento en cuanto a moda y estilo, y ellas lo habían sabido y se habían asegurado de que yo supiera que lo sabían.

Al verme en un espejo del vestíbulo del hotel me pregunté si el ajustado vestido sin tirantes color rubí era escandaloso o elegante. ¿Le sentaba bien a mi pelo y a mis ojos marrones? «Doña Corriente» me había llamado mi marido una vez y no podía culparlo. Él había querido una mujer que no destacara, que no exigiera, que no supusiera ningún inconveniente, y eso era exactamente lo que había tenido durante tres años. Pero ahora yo quería algo más, algo distinto, y había ido a conseguirlo.

Tomé aliento deseando que mis piernas dejaran de temblar y se movieran. Podía hacerlo. Había llegado hasta ahí, ¿verdad? Había tomado un ferri desde la remota isla en la que había pasado toda mi vida de casada y después un taxi desde Piraeus a Atenas. Había hecho una reserva en ese hotel manejando con torpeza la tarjeta de crédito bajo la desdeñosa mirada de la recepcionista y había logrado comprarme un vestido y unos zapatos yo sola.

Había logrado todo eso a pesar de lo mucho que me había costado. La vida en Amanos era mucho más sencilla y había pasado mucho tiempo sin ir a la ciudad; mucho tiempo sin ver a mi marido, un hombre al que apenas conocía.

Era la esposa de Matteo Dias, uno de los hombres más ricos y despiadados de Europa, además de uno de sus más conocidos *playboys*.

Incluso ahora, después de los papeles que había firmado y de los votos que había pronunciado, me parecía increíble. Durante los últimos tres años me había despertado cada mañana en una isla paradisíaca, lejos de la desesperación y las penurias de mi antigua vida en Nueva York, y me había parecido un sueño… hasta que había dejado de parecerme suficiente.

De pronto, me invadió cierta aprensión. ¿Estaba siendo

poco razonable, avariciosa? ¿Estúpida? Tenía una casa preciosa, tanto dinero que no sabía ni qué hacer con él, y una vida satisfactoria; una vida que era mucho más de lo que nunca había tenido ni en mi infancia en Kentucky ni durante mi breve y desafortunado periodo en Nueva York. ¿De verdad podía pedir más?

Sí podía, porque la alternativa era renunciar al único sueño que había tenido en mi vida.

Ahora, mientras observaba el abarrotado salón de baile desde la puerta, me preguntaba si podría reconocer a mi marido. Había visto su foto en muchas publicaciones, casi siempre acompañado por alguna rubia despampanante, y había leído toda clase de especulaciones en relación a su matrimonio. Había tantos columnistas insistiendo en que no había mujer que pudiera domarlo como otros confirmando que los rumores eran ciertos y el soltero más codiciado de Grecia se había casado en secreto.

Por supuesto, todos tenían razón. Matteo estaba casado, pero yo no lo había domado. Ni siquiera había hablado con él.

Me había fijado en su corto pelo negro, en esos fríos ojos color gris acero y en su impresionante físico. Había recordado cómo, durante los breves momentos que habíamos estado juntos, me había sentido como si me hubiese quitado el aliento, como si solo tuviese que mirarme para que se me olvidara pensar.

–¿Señorita, va a pasar? –me preguntó un camarero con una bandeja de copas de champán.

–Sí –respondí intentando que mi voz sonara lo más firme posible–. Sí, voy a pasar.

Con los hombros hacia atrás y la barbilla bien alta, entré en el salón colmado de lo mejor de la sociedad europea. Nadie me miró y me sorprendió un poco. Incluso con un vestido y unos zapatos que habían costado más de lo que pagaba al mes por el alquiler de mi apartamento en Nueva York, seguía siendo la misma: una don nadie sacada de una cafetería de Nueva York. Una camarera sin pedigrí, sin educación, sin estilo, sin estatus. Doña Corriente.

Seguía siendo la simple Daisy Campbell que, nacida en la zona más humilde de Kentucky, había hecho autostop hasta Nueva York con la cabeza llena de sueños y había espabilado muy pronto.

Me moví entre la multitud esforzándome mucho por mantener la cabeza bien alta. Tres años en una isla remota me hacían sentirme insegura en una situación así. En Amanos me sentía segura, pero ahí todo era distinto. Yo me sentía distinta.

Tenía que encontrar a Matteo lo antes posible, antes de que me diera un ataque de nervios o me rompiera un tobillo con esos tacones.

No me había hecho ilusiones con que se alegrara de verme, aunque al menos esperaba que no se enfadara demasiado. Habíamos llegado a un acuerdo y yo lo estaba rompiendo, pero tres años era mucho tiempo y no podía quedarme en Amanos para siempre, ¿no? Tenía que seguir adelante con mi vida.

Le había dado lo que quería y ahora había llegado el momento de que él me diera lo que yo quería.

–Buena suerte –me dije, y alguien se giró y me miró.

Siempre había tenido el extraño hábito de hablar conmigo misma y tres años en una isla remota no habían ayudado mucho a cambiarlo. Sonreí al desconocido y seguí avanzando.

¿Dónde estaba mi marido?

Y entonces lo vi y me pregunté cómo no lo había visto antes. Estaba en el centro de la sala, destacando por encima del resto de los hombres. Aminoré el paso y el corazón empezó a palpitarme con fuerza. En persona era mucho más impresionante de lo que recordaba.

Me quedé allí un momento mirándolo porque era una belleza, aunque habría preferido que no lo fuera porque sabía que su belleza me distraería y me desestabilizaría y, de hecho, ya lo estaba haciendo. Matteo Dias era un caballero oscuro, poderoso e imponente, con su esmoquin tensándose sobre sus anchos hombros y enfatizando sus largas piernas y su impresionante torso. Incluso desde donde estaba en el otro extremo, podía ver sus ojos grises brillando como la plata y su boca moviéndose mientras hablaba, fascinándome.

Nunca nos habíamos besado y apenas nos habíamos rozado, pero aun así en ese momento me sentí hechizada, atrapada por un magnetismo animal, como si compartiéramos una historia física e íntima. Como si pudiera recordar cómo era tocarlo y saborearlo a pesar de que en realidad no podía.

Nunca me había permitido llegar a imaginarme nada de eso porque nuestro matrimonio no había sido de esa clase. Desde el principio, Matteo había sido muy claro sobre ese aspecto.

Respiré hondo y avancé hacia él.

–Matteo.

Mi voz sonó más fuerte de lo que había pretendido y varias personas se giraron y murmuraron. Me puse roja, pero seguí con la cabeza bien alta como había hecho siempre por muy mal que me hubiera tratado la vida.

–Matteo.

Cuando se giró, por su gesto me quedó claro que no se alegró de verme, y aunque no me sorprendió, me sentí dolida. ¡Qué estúpida! Aun así, intenté disimularlo.

La mujer que tenía al lado ladeó la cabeza y, con una maliciosa carcajada, dijo:

—Matteo, querido, parece que alguien está colada por ti.

—Tenemos que hablar —dije mirándolo fijamente y negándome a dejarme intimidar por las mujeres que lo rodeaban como si fueran una bandada de elegantes cuervos y él su carroña.

—¿Hablar?

Fingió asombro y me di cuenta de que iba a fingir que no me conocía. ¡Ah, no, de eso nada! No después de tres años haciendo lo que él quería.

—Sí, Matteo —sonreí con dulzura, aunque por dentro estaba temblando—. Me recuerdas, ¿verdad? —y forzando la sonrisa aún más, empecé a pronunciar las temidas palabras—: Soy tu mu…

—Aquí no.

Me agarró del brazo y me sacó del salón. Mi marido no solo estaba molesto conmigo; estaba furioso. Y me quedó más claro aún cuando me llevó a una sala privada y cerró la puerta de golpe.

—Daisy —dijo entre dientes—, ¿qué cojones estás haciendo aquí?


Apenas la había reconocido. Era una persona fácil de olvidar, y precisamente por eso me había casado con ella. Solo recordaba su nombre por los ingresos que le hacía en su cuenta bancaria.

–Yo también me alegro de verte –murmuró con un ímpetu que no me había esperado.

–Teníamos un trato –le dije.

–¿El trato de hacerme prisionera en una isla mientras tú te paseas por toda Europa?

–¿Qué? ¿En serio esa es tu versión de los hechos?

–Estamos casados, Matteo.

Me quedé boquiabierto. No me podía creer que estuviera jugando a eso cuando era la que mejor sabía en qué consistía nuestro matrimonio.

–Firmaste el acuerdo, Daisy, y cobraste los cheques. Me dijiste que te parecía bien.

Apretó la mandíbula en un gesto de rebeldía. Nunca la había visto así… aunque, en realidad, prácticamente no la había visto nunca.

–Lo sé, pero han pasado tres años y ahora quiero algo distinto.

–¿Ah, sí?

Había aceptado el trato que le había ofrecido; un trato generoso, considerado y honesto que ella había aceptado, pero estaba claro que iba a tener que recordárselo.

–Así que quieres algo distinto y por eso decides acosarme en una fiesta…

–No te he acosado –contestó ella con brusquedad interrumpiéndome, lo cual nunca hacía nadie–. Leí que se iba a celebrar esta fiesta y decidí venir a buscarte.

–Pues yo a eso lo llamo «acoso».

–Técnicamente, no creo que se pueda acosar a tu propio marido.

–Hazme caso, se puede, sobre todo en un matrimonio como el nuestro.

–Que es precisamente de lo que quiero hablar.

Me lanzó una sonrisa ácidamente dulce antes de cruzar la habitación y sentarse.

–Por cierto, ¿y ese vestido tan espantoso que llevas? –le pregunté sabiendo que estaba siendo grosero y sin importarme lo más mínimo–. Pareces una barra de pintalabios de un color feo.

Ella se sonrojó, pero su mirada no vaciló.

–Ya me imaginaba que esas dependientas me estaban tomando el pelo.

–¿Es que tú no has podido ver por ti misma que no te sienta bien? –aunque por muy horrible que era, sí que le sentaba bien. Mi mirada no pudo evitar sentirse atraída por las esbeltas curvas a las que se aferraba ese vestido escandalosamente ajustado–. ¿Qué es? ¿Cuero sintético?

–No lo sé. Me insistieron en que era el último modelo.

–Pues te han mentido.

No sé por qué, pero me molestó que unas dependientas se hubieran burlado de mi mujer. Por mucho que nuestro matrimonio no fuera como los demás, ella era una Dias.

–Me lo había imaginado –dijo encogiéndose de hombros–. Seguro que les he parecido una completa paleta.

–¿Qué estás haciendo aquí, Daisy?

–¿No querrás decir «qué cojones estás haciendo aquí»?

–Te he hablado así porque estaba sorprendido.

No solía tener la costumbre de justificarme ante nada, pero no sé qué me pasaba con ella que sentí la necesidad de hacerlo.

–Querrás decir «furioso» –enarcó una ceja y sus

ojos castaños dorados resplandecieron como topacios. Era una mujer corriente, me dije mientras la observaba. Una mujer completamente olvidable. Pero entonces, ¿por qué no dejaba de mirarla?

–Teníamos un acuerdo –repetí.

–Que te venía bien.

–Y a ti. Casi dos millones de euros. Sabías en qué consistía y dijiste que te parecía bien.

Ella apretó los labios, unos labios sorprendentemente carnosos y rosados, y se cruzó de brazos sobre su pecho que, por alguna razón, no podía dejar de mirar a pesar de lo insignificante que era. Copa B como mucho, pero aun así…

–Bueno, pues ahora quiero modificarlo.

Solté una carcajada.

–Yo no negocio.

–¿Estás seguro?

La miré impactado. ¿De dónde estaba sacando toda esa confianza y seguridad en sí misma?

–Ya conoces los términos. Si quieres que se anule el matrimonio sin mi consentimiento, tendrás que devolver cada euro que has recibido de mí durante los últimos tres años.

Lo cual ascendía a casi dos millones; un millón al inicio y doscientos cincuenta mil euros por cada año que siguiera casada conmigo hasta que mi abuelo muriera. Después, no tendríamos nada que ver el uno con el otro. Se lo había dejado todo muy claro al proponérselo cuando la despidieron de una cafetería de una zona pésima de Manhattan y ella había aceptado sin dudarlo.

–¿A qué viene todo esto, Daisy?

Por un segundo, esa seguridad que estaba mostrando flaqueó. Le temblaron los labios y desvió la mirada.

—¿Tú qué crees?

—¿Qué quieres? Porque dudo que quieras devolver los dos millones de euros que ya te he dado.

—Un millón setecientos cincuenta mil euros —contestó ella recuperando su energía otra vez—. Además, según nuestro acuerdo estaríamos casados un máximo de dos años y ya han pasado tres.

—Y se te ha pagado debidamente.

Y por lo que había visto en la cuenta que le había abierto, ¡se lo había gastado todo!

—¿Qué quieres entonces? ¿Más dinero?

Ella abrió mucho los ojos y separó sus carnosos labios. Con ese vestido rojo parecía una sabrosa y apetecible manzana madura y me desconcertó. La última vez que la había visto llevaba un uniforme de camarera y el pelo recogido en una coleta, y tenía la cara brillante de la grasa de la comida que servía. En absoluto me había resultado apetecible entonces.

—¿Me darías más dinero? —preguntó más con curiosidad que con avaricia.

—No.

Di un paso atrás, alejándome de la tentación. Por muy sorprendentemente atractiva que me estuviese pareciendo ahora, estaba prohibida para mí. Lo último que quería era consumar... y complicar... mi matrimonio. Tenía muchas mujeres entre las que elegir, no la necesitaba a ella.

—Bien, porque tengo suficiente dinero.

—Pues pareces gastarlo en cuanto te lo transfiero a tu cuenta —apunté sarcásticamente—. Aunque no sé en qué te lo puedes gastar viviendo en una isla de unos trescientos habitantes.

—Eso no es asunto tuyo, ¿no crees?

Ahora de pronto tenía cierta mirada de culpabilidad y se había ruborizado. ¿En qué se gastaba el dinero? A lo mejor había redecorado mi villa diez veces, o se había comprado un barco o un helicóptero, o tenía un armario lleno de ropa de diseño. Aunque, viendo el vestido que llevaba, eso último no era muy probable.

—¿Qué es lo que quieres entonces?

Impaciente, miré el reloj. Daisy Campbell, o mejor dicho, Dias, me había quitado quince minutos de mi valioso tiempo y era demasiado.

Ella agachó la cabeza y apretó los labios ligeramente. ¿Intentaba coquetear? Si era así, lo estaba consiguiendo.

El deseo me invadió y aunque me sentí tentado a retroceder para ponerme a salvo, me mantuve firme donde estaba. No me dejaría acobardar por mi simple y corriente esposa.

—¿Y bien?

—Te diré lo que quiero.

Con ese ridículo vestido rojo, su cabello castaño cayéndole sobre los hombros, el rostro ruborizado y la barbilla ladeada con gesto decidido era la encarnación de la terquedad y del deseo.

—Quiero una anulación. Quiero salir de esta farsa de matrimonio. Y para demostrarlo, te devolveré todo el dinero.

# Capítulo 2

VI LA EXPRESIÓN de asombro de Matteo y cómo se tensó su poderoso cuerpo. Estaba claro que no se había esperado algo así. Seguro que pensó que me había gastado todo el dinero que me había dado. Si él supiera…

–¿Y por qué quieres una anulación?

–No es asunto tuyo.

Lo último que quería era exponer mi vulnerabilidad ante ese hombre. Quería salir de ese matrimonio porque quería tener la oportunidad de vivir una vida real, un amor real, y sabía que con Matteo Dias no lo tendría. Y por alguna estúpida razón eso me dolía porque, incluso ahora, cuando estaba siendo tan arrogante, yo deseaba que se hubiera fijado en mí como un hombre se fija en una mujer.

–Claro que es asunto mío. Estamos casados, Daisy.

–No es un matrimonio de verdad.

–Lo es sobre el papel.

–Estoy dispuesta a devolverte el dinero, Matteo. ¿Por qué ibas a oponerte?

Pero yo sabía por qué: porque un hombre como él no permitiría que una mujer le dijese qué hacer. No permitiría que fuese yo quien rompiera el acuerdo.

–Te aseguro que lo he pensado muy detenidamente. No devolvería a la ligera un millón setecientos cincuenta mil dólares.

–¿Cómo puedes seguir teniendo todo ese dinero?

–¿En qué me lo iba a haber gastado? –respondí, aunque no era cierto del todo.

–En serio, Daisy…

–Lo he invertido y los beneficios me permitirán devolvértelo y quedarme algo.

Él sacudió la cabeza lentamente, como si no se pudiera creer que fuera tan lista como para haber hecho algo así, ni tan valiente como para haberle pedido una anulación. Pero yo era ambas cosas y estaba orgullosa de serlo.

–No quiero una anulación –dijo cruzándose de brazos.

–Pues lo siento por ti.

Me fulminó con la mirada. Sabía que no debería haberlo provocado así, pero no iba a tolerar esa actitud despótica.

–Me resulta tremendamente inconveniente que anulemos nuestro matrimonio.

–Oh, querido, cuánto lo siento.

–No hagas esto, Daisy.

–¿Qué tal si tú no te interpones en mi camino?

–¡Esto es ridículo! ¿Qué vas a hacer cuando se anule? ¿Adónde irás?

–La verdad es que tengo intención de seguir en Amanos.

–¿Qué? ¡En mi casa no!

–No, claro que no. Alquilaré una en el pueblo –ya había visto una. Una pequeña casa blanca de un dormitorio.

–Si quieres seguir en Amanos, ¿por qué no puedes seguir casada conmigo?

No respondí y Matteo me miró con recelo.

–¿Has conocido a alguien? ¿Tienes una aventura?

–Tiene gracia que seas tú el que lo diga.

Las aventuras de Matteo plagaban todas las portadas y esa era la razón por la que yo debía ser invisible.

–¿Tienes una aventura, Daisy?

Parecía furioso, lo cual era totalmente injusto.

–Pues no, no la tengo.

Algo en mi tono debió de delatarme porque de pronto me preguntó con cierta comprensión:

–¿Pero te gustaría?

–La verdad es que no. No tengo ningún deseo de tener sórdidas aventuras como tú.

–¿Entonces qué?

–Vamos a centrarnos en la anulación.

–Necesito saber por qué.

–No lo necesitas.

–Sí lo necesito.

Levanté las manos exasperada.

–Matteo, tú no…

–Si no es por una aventura, tiene que ser por algo más.

¿De verdad nunca había contemplado la idea del amor verdadero y no se podía imaginar que yo o cualquier otra persona lo quisiéramos? ¿O acaso le resultaba tan poco atractiva que no se podía imaginar que alguien me quisiera?

–Tengo veintiséis años, Matteo, y algún día quiero tener un matrimonio de verdad. Una familia de verdad.

Oí dolor en mi voz y supe que él lo oyó también. Un bebé… Eso era lo que de verdad quería. Mi propia familia, algo que nunca había tenido.

–¿Una familia? –parecía sorprendido–. ¿Quieres hijos?

–Sí. ¿Tú no?

Se quedó en silencio un momento.

–Algún día necesitaré un heredero –dijo finalmente.

–¿Lo ves? Necesitamos algo más que un matrimonio de conveniencia, así que esta anulación nos beneficia a los dos.

–Ya te he dicho que a mí no.

–¿Por tu abuelo?

–Sí. Mientras viva, yo debo seguir casado, como ya sabes.

–Dijiste que cuando pasaran dos años eso ya no sería un problema.

–Porque pensé que para entonces ya habría muerto.

Me estremecí al oír eso, porque me resultó terriblemente frío. Matteo maldijo para sí, se dio la vuelta y se pasó la mano por el pelo. Era un hombre oscuro, poderoso e increíblemente carismático. Me sentía atraída por él como una polilla por el fuego, pero a diferencia de ese desdichado insecto, yo sí sabía que me acabaría quemando.

Y esa era precisamente una de las razones por las que quería la anulación.

Sin embargo, debería haber sabido que alguien tan masculino y poderoso como Matteo Dias rechazaría la idea de la anulación. Era un hombre que necesitaba tener el control y ahí estaba yo intentando tomar las riendas de la situación.

Se giró para mirarme y ahora, en lugar de rabia, lo que vi en él fue una expresión tremendamente fría que endurecía los ángulos de su precioso rostro.

–No te voy a conceder la anulación.

–No tienes opción –contesté enérgicamente,aunque por dentro estaba temblando.

Matteo Dias tenía mucho más dinero y poder que yo. Devolverle el dinero me dejaría viviendo con lo justo, por mucho que le hubiera dicho lo contrario, pero tenía que ser libre. Tenía que tener la oportunidad de perseguir mi sueño de experimentar el amor y formar una familia.

Y, por supuesto, eso Matteo no lo entendía.

Ahora, mientras lo miraba y veía esa dureza en su mirada, en su alma, me pregunté qué lo habría hecho ser así y eso me recordó que no sabía nada de ese hombre más allá de lo que había leído en las revistas y lo que él había elegido contarme cuando nos conocimos.

Por aquel entonces yo estaba en mi momento más bajo. Llevaba seis meses viviendo en la ciudad, no tenía dinero y acababa de perder mi empleo por haberle apartado la mano de un golpe a un hombre que intentó toquetearme. Pero, por encima de todo, estaba desesperada y eso fue lo que me llevó a aceptar la escandalosa oferta de Matteo.

«Te propongo un trato». Esas fueron las primeras palabras que me dirigió. Yo estaba en mitad de la calle bajo una intensa lluvia esperando el autobús cuando salió de la cafetería de la que me acababan de despedir y vino hacia mí. Lo miré extrañada porque no era la clase de clientes a los que atendíamos. No sabía ni qué hacía una persona como él en una calle mugrienta ni qué quería de mí.

–¿Un trato? –respondí sabiendo que rechazaría cualquier cosa que me propusiera.

–Sí, un trato. He visto lo que ha pasado en la cafetería. Te han despedido simplemente por defenderte y eso no está bien.

Esas palabras me conmovieron. Desde mi llegada a Nueva York solo me había topado con gente que había querido algo de mí a cambio de nada y que había intentado engañarme, y esas palabras amables pronunciadas por ese desconocido significaron mucho para mí; más de lo debido.

–Gracias –dije con tanta dignidad como pude–. Pero, por desgracia, eso no cambia nada.

Tenía dinero para el autobús, pero poco más y llevaba un mes de retraso en el pago del alquiler. No tenía ni familia ni amigos y lo peor de todo era que eso ya ni me importaba.

–En realidad, sí que podría cambiar algo. ¿Me concedes unos minutos de tu tiempo?

Lo miré con desconfianza. Había llegado a esa ciudad llena de optimismo y dispuesta a creer y confiar en todo el mundo, pero había aprendido rápido. O, al menos, lo había intentado.

–No lo creo, señor.

Matteo esbozó una sonrisa que resultó algo tranquilizadora.

–No me refiero a esa clase de trato, confía en mí.

Por supuesto que no era esa clase de trato. Ese hombre estaba totalmente fuera de mi alcance y los dos lo sabíamos.

–Es algo perfectamente respetable y legal.

–¿Qué es?

–Quiero que te cases conmigo.

Me quedé boquiabierta y sin poder procesar esas cinco palabras. Después, cuando pasó el primer impacto, miré a mi alrededor. Seguro que era una broma. Sin embargo, Matteo debió de notar algo en mi mirada porque se apresuró a decir:

–No es ninguna broma. Hablo completamente en serio. ¿Por qué no nos protegemos de la lluvia y charlamos un rato?

Vacilé.

–Al menos deja que te invite a un café.

Y con eso me convenció. Estaba hambrienta, cansada y empapada, y ni siquiera tenía dinero para una taza de café.

–De acuerdo. Un café.

Unos minutos más tarde, estábamos sentados a una mesa de una agradable cafetería y tenía entre mis manos una taza de café con leche caliente, un capricho que hacía siglos que no me daba.

Matteo estaba sentado frente a mí tomándose un expreso. Tenía la chaqueta del traje mojada y desprendía un agradable perfume a cedro.

–Bueno, ¿de qué se trata?

–Necesito estar casado –sonrió–. «Necesito» es la palabra clave porque no estoy buscando una esposa.

–Entonces, ¿qué quiere?

–Solo un documento legal que diga que estoy casado. Te pagaré un millón de euros al principio y después doscientos cincuenta mil euros por cada año que permanezcamos casados. Tendrás alojamiento y todos los gastos pagados y nunca tendremos que volver a vernos.

Sacudí la cabeza intentando asimilar lo que dijo… e intentando asimilar su presencia porque resultaba abrumador, con su cabello oscuro, esos ojos de acero y ese cuerpo tan poderoso.

«Un millón de euros». ¡Qué locura! Y, sin embargo, no parecía un loco, sino un hombre alarmantemente cuerdo.

—¿Por qué necesita tanto casarse? —le pregunté con voz temblorosa.

—Porque mi abuelo me lo exige para poder hacerme cargo de su empresa, que es algo que estoy deseando hacer.

—Seguro que tiene alguien más apropiado a quien pedírselo.

—No quiero alguien «apropiado» —sonrió y se terminó el café—. Quiero una mujer corriente que se alegre de lo que le voy a dar, que no haga preguntas incómodas y, sobre todo, que se mantenga alejada de mi vida y del ojo público.

—Entonces, ¿quiere una esposa que no actúe como una esposa?

—Exacto.

—Seguro que hay muchas mujeres que aceptarían el dinero que está ofreciendo. No tiene necesidad de ofrecérselo a una desconocida como yo.

¿Por qué no se lo pedía a alguien con estatus social y belleza?

Matteo se recostó en su silla, se cruzó de piernas y me miró fijamente.

—Probablemente, pero tengo prisa y no querría arriesgarme a ofrecérselo a alguien que no aceptara mi oferta con gratitud. Me gustaría mantener el matrimonio en secreto. No quiero que… interfiera… en ninguna de mis actividades.

—¿Quiere decir que no quiere que afecte a sus otras relaciones?

—Yo no las llamaría «relaciones» —respondió sonriendo—, pero sí, has captado lo esencial.

De pronto entendí que me lo había pedido a mí porque estaba desesperada y me sentiría patéticamente agradecida por lo que me ofrecía y no me importaría que fuera por ahí acostándose con otras mujeres mientras yo permanecía en silencio y en la sombra.

Estaba desesperada, tanto como para plantearme seriamente su oferta. Y al menos Matteo, a diferencia de otras personas que había conocido desde que me había mudado a la ciudad, estaba siendo sincero sobre sus intenciones.

–Entonces, ¿nos casamos y usted sigue con su vida? ¿Y ya está?

–No del todo. Necesito que te traslades a la isla de Amanos, en la costa de Grecia, donde tengo una villa. Es un lugar muy bonito y mi casa es tremendamente cómoda. No te faltará de nada.

Era un gran añadido a su oferta y, además, nada me ataba a esa ciudad por mucho que yo hubiera intentado crear algún vínculo con ella. Nada me ataba a ningún sitio. Aun así, me mostré cauta. Había aprendido a serlo.

–¿Y por qué allí?

–Al hacerme esa pregunta no estás cumpliendo con mi segundo requisito.

–¿En serio cree que voy a aceptar una oferta así y mudarme a un país extranjero sin preguntar nada antes?

–Muy bien, te lo explicaré todo detalladamente, aunque es bastante sencillo.

Su mirada plateada me dejó clavada en mi asiento.

–Solo habrá que firmar un documento y no habrá expectativas de relación ni física, ni emocional, ni de ningún tipo. Permanecerás en Amanos para que yo sepa dónde estás y pueda llamarte si es necesario, pero estarás fuera del ojo público. Dentro de un año, dos como mucho, el matrimonio se anulará y podrás marcharte y seguir con tu vida siendo un poco más rica.

–¿Me llamará «si es necesario»? ¿Qué significa eso?

–Por si mi abuelo necesita algún tipo de prueba o quiere verte para asegurarse de que de verdad estoy casado. Es una mera precaución, nada más.

Y también un modo de controlarme, porque sospechaba que Matteo Dias era un hombre que necesitaba tener el control de todo, incluso de mí, a lo cual yo me resistía.

–¿Y por qué anularlo dentro de un año o dos?

–A mi abuelo le han diagnosticado cáncer y no le han dado mucho tiempo de vida –dijo con excesiva frialdad–. Como te podrás imaginar, no estamos muy unidos.

–Entonces, ¿quiere que me case con usted y después me vaya a vivir a una isla remota durante un máximo de dos años?

Dicho así, no sonaba tan mal, ya que me faltaba poco para vivir en la indigencia, pero, por otro lado, aceptar la oferta sería como vivir en una prisión y cederle todo el control de la situación a ese hombre.

–Seguro que hay cosas peores.

Por supuesto que las había. Pero aun así…

–¿Por qué debería confiar en usted? ¿Y si acepto y al momento me encierra en la parte trasera de una furgoneta?

A Matteo se le iluminaron los ojos de ira, como si no le hubiera gustado que lo acusara de ese modo.

–Si necesitas garantías, te las daré.

–¿Cómo?

–Todo quedará redactado en un contrato legal.

–Eso no me vale. ¿Cómo puedo fiarme de que no se aprovechará de mí?

–Hazme caso, no me aprovecharé de ti.

Me sonrojé y centré mi mirada de humillación en el café.

–Pero, si te hace sentir mejor, podemos hacerlo todo en público, la firma del contrato, la boda, el traslado a la isla. Reservaré un billete en primera clase en una línea aérea comercial.

Vacilé porque todo sonaba demasiado bonito para ser verdad y ya había pasado por algo así. Solo el recuerdo de Chris Dawson bastaba para que se me revolviera el estómago. ¿Seguro que había espabilado y aprendido desde aquello?

–Tiene que haber alguna trampa –protesté.

–No la hay.

–Siempre la hay.

–Esta vez no.

Puso una mano en mi brazo y me sobresalté. Una cálida ráfaga de deseo me recorrió sorprendiéndome con su intensidad a pesar de que su caricia fue claramente de empatía más que de pasión. Al menos era lo suficientemente inteligente como para saber que ese hombre no pensaba en mí de ese modo y que probablemente nunca lo haría, lo cual era bueno porque suponía una complicación menos.

Me lanzó una mirada de comprensión y compasión y su calidez aumentó mi deseo hasta hacerme sentir profundamente incómoda. Una cosa era sentirse atraída físicamente por un hombre como Matteo Dias y otra muy distinta era conectar con él emocionalmente. Eso sí que era muy muy peligroso.

Me aparté y él bajó la mano.

–Entiendo que estés preocupada. Has pasado por una mala experiencia recientemente y hoy en día es muy fácil que se aprovechen de ti, sobre todo cuando eres una mujer joven y estás sola. Porque estás sola, ¿verdad?

Me dolió que resultara tan obvio que no tenía a nadie en mi vida; ni novio, ni familia, ni amigos.

—Sí. ¿Cómo lo sabe?

Matteo se encogió de hombros.

—Veo en ti cierta bruma de… soledad.

Miré a otro lado porque odiaba que se me hubieran saltado las lágrimas ante un comentario tan sorprendentemente compasivo y brutalmente sincero. «¿Una bruma de soledad?». Sí, la sentía empapándome con su tristeza a pesar de no querer estar triste. Siempre había intentado ver el lado positivo de las cosas, ser optimista incluso cuando no tenía motivos para serlo. A veces me parecía que era lo único bueno que tenía, pero demasiadas experiencias malas me habían quitado la esperanza y la alegría. Y ahora eso…

—Te aseguro que esta oferta es totalmente sincera. Redactaré un contrato que protegerá tus derechos tanto como los míos. Si vienes a los juzgados dentro de una hora, podrás leer y firmar el acuerdo, y después ingresaré el dinero en tu cuenta y organizaré el viaje a Atenas. Puedo hacer que alguien te recoja allí o puedes organizar tú misma el viaje, si así te sientes más segura. Tú tendrás el control de todo, no correrás ningún riesgo.

Su boca se curvó y sus blancos dientes brillaron cuando leyó mi nombre en la chapa de mi uniforme de camarera.

—Confía en mí, Daisy, hoy es tu día de suerte.

Y lo fue, aunque una hora después, cuando me reuní con él en los juzgados, me sentí más nerviosa que ilusionada.

Repasamos el contrato minuciosamente.

–¿Estás segura? –me preguntó muy serio.

De nuevo esa sorprendente compasión suavizó su mirada animándome a decirle que sí, pero entonces, al ver su expresión triunfante, vacilé y me pregunté si estaba loca. ¿Estaba desprendiéndome de mi vida, de mi libertad e incluso de mi seguridad? ¡No conocía a ese hombre!

Y, aun así, a pesar de su dureza e innata arrogancia, tenía algo que me hacía confiar en él. ¡Qué estúpida era! Por mucho que había aprendido a no confiar en la gente, una testaruda parte de mí insistía en hacerlo.

Por otro lado, Matteo había dicho que yo tendría el control de todo. Vi cómo transfería el dinero a mi cuenta y reservaba el billete en primera clase a Atenas unos minutos después de que se celebrara el matrimonio, que fue un visto y no visto. No intercambiamos anillos, pero Matteo me agarró la mano entre las suyas, tan cálidas y extrañamente reconfortantes, me miró a los ojos y sonrió.

–Gracias, Daisy –dijo con una voz llena de calidez.

El corazón me palpitó con fuerza al oírlo.

¡Tonta de mí!

Tonta, sí, porque las siguientes palabras que salieron de su boca fueron:

–Con suerte, nunca tendremos que volver a vernos.

# Capítulo 3

**S**IGO sin entender por qué quieres la anulación. Daisy Campbell, no Daisy Dias, me había sorprendido demasiadas veces esa noche y esa sorpresa fue la más desagradable de todas. ¿Por qué querría devolver todo lo que le había dado? Era lo último que me había esperado, lo último que quería que sucediera.

Me casé con ella tanto para complacer a mi abuelo como para molestarlo y me resultó una experiencia muy agradable lanzar el certificado de matrimonio al escritorio de Bastian Arides e informarle de mi nuevo estado civil.

–Me pusiste una condición y ahora la he cumplido.

–¿Y tu mujer? –preguntó atónito.

Me reí al contarle la verdad.

–Una camarera regordeta que he recogido de una cafetería de Nueva York. Ahora mismo está residiendo en Amanos, por si sientes la necesidad de comprobarlo.

Bastian se quedó boquiabierto; se había esperado que me casara con alguien de la alta sociedad para poder añadirla a su pedigrí familiar y justificar así de algún modo mi lugar en su vida, el lugar de su nieto bastardo. Qué poco me conocía. No tenía ni idea de lo profunda que era mi necesidad de venganza, de justicia.

–He ganado, viejo –dije al salir de su despacho–. He cumplido con la condición que exigiste.

–¡No me refería a esto, Matteo, y lo sabes!

–Es una pena que no fueras más específico en su momento.

La cláusula del acuerdo era clara: casarme y permanecer casado para obtener el sesenta por ciento de las acciones de Arides Enterprises y, así, tener el control absoluto de la empresa. El comité ejecutivo había accedido, todo el mundo había firmado y yo había hecho lo que él me había pedido.

Poseía el control de Arides Enterprises, la empresa que su padre había levantado de la nada, la que había querido cederle a su nieto legítimo, Andreas, pero había tenido que entregarme a mí, su único heredero y la única persona de la empresa capaz de dirigir una compañía multimillonaria. La persona que la había actualizado y la había llevado al siglo XXI

Ahora, mientras miraba a mi esposa, la «camarera regordeta», me di cuenta de que no lo era. Estaba resplandeciente, y no solo por lo que brillaba el vestido. Sus ojos relucían como dos topacios y tenía las mejillas sonrojadas. Todo en ella resultaba impactantemente vibrante. Deseable.

–Como te he dicho, quiero tener la oportunidad de vivir un matrimonio real y de formar una familia.

–¿Una familia? ¿Es que te está llamando el reloj biológico?

–Algo así.

Yo podría darle un bebé.

Sí, necesitaba un heredero, pero con el tiempo. Era algo que había ido posponiendo porque de momento no me había parecido ni urgente ni necesario. Aun así, tenía treinta y seis años y estaba empezando a perder el interés por mi estilo de vida. Ya estaba casado, ¿por qué molestarme en cortejar a otras mujeres cuando tenía a la mía justo delante y, por mucho que me sorprendiera, me resultaba muy deseable?

Sin embargo, tenía que meditarlo un poco, planearlo. Lo último que quería era precipitarme y lanzarme a un compromiso de por vida con alguien que era prácticamente una desconocida.

Por otro lado, Daisy era bastante aceptable. ¿Por qué no modificar ligeramente los términos de nuestro matrimonio de conveniencia?

–Aún eres joven. Un año más no cambiaría mucho tus planes.

–¿Seguro que sería un año más? Hace unos meses leí que tu abuelo va a celebrar su inesperada recuperación total, de lo cual me alegro, por supuesto.

¡Malditos tabloides!

Le habían confirmado que, más que curada por completo, su enfermedad estaba en remisión, pero tampoco iba a discutir eso con ella. Lo cierto era que había durado mucho más de lo que nadie se había esperado.

–Y, si no recuerdo mal, tienes que seguir casado mientras él siga vivo.

Sus ojos dorados me miraron desafiantes.

–¿Tenías pensado informarme de que la duración de nuestro matrimonio sería algo más larga de lo que me habías dicho?

–Suponía que estabas conforme con el acuerdo –respondí con frialdad.

–Pues suponías mal.

Su tono era tan frío como el mío. ¿Desde cuándo tenía tanta confianza en sí misma, tanto aplomo?

Sentí un atisbo de admiración por ella, pero lo contuve al instante.

–¿Por qué no puedes esperar un año más? Así no tendrás que devolver el dinero. Estás renunciando a mucho, Daisy, a cambio de ¿qué? ¿De la oportunidad de tener algo que puede que no suceda siquiera?

–Vaya, muchas gracias –me contestó alzando la barbilla y con dolor en la mirada.

–No hay nadie en tu vida ahora mismo, ¿verdad? Y dices que tienes intención de seguir en Amanos. ¿De verdad crees que vas a encontrar al hombre de tu vida allí?

–Al menos si no estoy casada contigo tendré más posibilidades de hacerlo. Aunque, si te niegas a aceptar, puede que actúe como si el matrimonio estuviese anulado de todos modos.

Me recorrió una intensa rabia… y algo más. Algo ardiente y salvaje. Aunque sospechaba que sus palabras no eran más que una amenaza vacía, tuvieron el poder de enfurecerme.

–No vayas por ahí, ¿queda claro?

Se encogió de hombros y el movimiento hizo que el tejido del vestido se tensara sobre sus pechos.

–Nuestro acuerdo no dice nada sobre eso. No tengo que serte fiel dado que está claro que tú no lo has sido. Incluso podría tener un hijo sin ti.

–No voy a convertirme en un cornudo solo porque tú quieras tener un hijo ilegítimo –dije alterado e invadido despiadadamente por los recuerdos.

«No eres más que un bastardo. Naciste bastardo, aún lo eres, y morirás siéndolo».

–Dudo que ese sea el tema que estamos tratando aquí.

Daisy tenía la barbilla alzada, pero le temblaban los labios. No estaba tan segura de sí misma como fingía, lo cual me produjo satisfacción aunque también una sorprendente chispa de decepción porque en el fondo me había gustado ver su descaro y atrevimiento.

—Además, no podrías ser un cornudo si tenemos en cuenta que nosotros nunca hemos… —miró a otro lado.

—¿Nunca hemos…?

La sangre me hervía en las venas y ese vestido parecía estar suplicándome que se lo arrancara de su curvilíneo cuerpo. De pronto, lo que siempre había creído que nunca haría me parecía una buena idea. La mejor idea posible.

—Ya sabes a qué me refiero —respondió ella con poco más que un susurro.

—Lo que sé —dije mientras me acercaba tanto que los dos pudimos sentir el calor que emanaban nuestros cuerpos— es que hace unos minutos me has dicho que querías un hijo.

—Pero no tuyo.

—Soy tu marido. Lo más sensato sería que quisieras un hijo mío.

—No.

Su piel era de un tono dorado claro con pecas y olía a vainilla y almendras. Deliciosa. Levanté la mano y dibujé la línea de su clavícula con la punta de mi dedo. Se estremeció bajo mi caricia y dio un paso atrás.

—¿Qué ha pasado con eso de que nuestro matrimonio es solo de nombre?

Sí, ¿qué había pasado con eso? Los propósitos originales de mi matrimonio habían sido molestar a mi abuelo y seguir viviendo mi vida tal como quería, aunque, también, entre todo eso había estado el deseo de hacer algo bueno por alguien y ser honrado.

Sin embargo, todos mis propósitos y mis ansias de venganza se esfumaron al ver a Daisy ahí de pie delante de mí, como una llamarada de belleza encendiendo mi propio deseo. En ese momento lo único que quería era ella.

—Tal vez deberíamos renegociar los términos de nuestro acuerdo.

Los ojos de Matteo se volvieron del color del humo mientras daba otro deliberado paso hacia mí; sus intenciones se reflejaban claramente en cada ángulo de su cuerpo. Yo me quedé clavada en mi sitio, incapaz de moverme, de pensar. Jamás me habría esperado eso, el calor de sus ojos, el roce de su mano. Esa mínima caricia de su dedo sobre mi clavícula había hecho que me recorrieran unas sensaciones exquisitas. Si volvía a tocarme…

—Matteo, dejaste muy claro qué clase de matrimonio tendríamos.

Me temblaron las piernas y la voz al dar un paso atrás para alejarme de esa nueva tentación. Siempre había sabido que Matteo era guapo y atractivo, pero había creído que era lo suficientemente fuerte y lista como para permanecer inmune a él. Ahora quedaba claro que no lo era.

—No lo estropees solo porque haya herido tu orgullo al pedirte la anulación —dije intentando sonar razonable en lugar de aterrada… y tentada. Muy muy tentada.

—No es una cuestión de orgullo, Daisy. Es una cuestión de deseo.

Su voz era tan suave como la seda. Se acercó a mí, lo suficiente como para permitirme respirar su aroma amaderado y embriagarme con él.

–Me refiero a… –comencé a decir con voz temblorosa, pero me quedé callada al notar sus manos sobre mi cintura.

–Y yo me refiero a esto.

Sentí sus manos cálidas y fuertes a través del fino tejido del vestido, llevándome hacia él, y solté un grito ahogado cuando capturó mis labios en un beso.

Solo me habían besado una vez en toda mi vida y había sido un hombre detestable. Cuando los labios de Matteo se posaron sobre los míos, instintivamente me preparé para una experiencia similar: mal aliento, lengua babosa y unas manos toqueteándome.

Solo tardé una milésima de segundo en darme cuenta de que no tenía nada que temer… o tal vez sí. El beso de Matteo era tan distinto del primero que me habían dado como el océano de un charco de barro.

Su lengua poseyó la mía mientras me exploraba con una sensual minuciosidad, anulando mi pensamiento y debilitando mis rodillas mientras sus labios se movían en una danza ancestral que para mí resultó una sensación sorprendentemente nueva. ¿Cómo podía un solo beso provocar tanto?

Pero no se detuvo con un beso. Sus manos pasaron de mi cintura a mis pechos y acarició las cúspides con sus pulgares. Gimoteé. Sí, sí, gimoteé literalmente. Me sentí como si ya no me conociera; ahora era una criatura que se derretía como la cera de una vela y que quería más. En ese momento lo quería todo.

Sin ni siquiera darme cuenta de lo que estaba haciendo, lo agarré de la solapa del esmoquin y abrí la boca invitándolo a entrar. Me puse de puntillas y me agarró por las caderas y me llevó hacia él.

Mis caderas chocaron con esa impresionante y sobrecogedora parte de su anatomía y eso bastó para hacerme reaccionar.

¿Qué estaba haciendo? ¿Y qué estaba haciendo él?

–¡No! –logré decir, aunque mis sentidos estaban estallando como fuegos artificiales y se me había erizado la piel de deseo. Fue como si mi cuerpo hubiera cobrado vida bajo sus manos.

–¿Estás segura?

A excepción de por un ligero rubor en sus esculpidas mejillas, Matteo ni se inmutó. Se metió las manos en los bolsillos con una mirada terriblemente fría.

Darme cuenta de que ese beso me había afectado más a mí que a él me resultó absolutamente humillante y unas inoportunas lágrimas me salpicaron los ojos.

–Sí, estoy segura.

–Creo que podría convencerte de lo contrario.

Su rubor ya había desaparecido y ahí estaba él, tan tranquilo, el arquetipo de la arrogancia, mientras que yo seguía con el corazón acelerado y la respiración jadeante.

Alcé la barbilla e ignorando las lágrimas que sabía que seguían humedeciéndome los ojos dije:

–Vamos, Matteo, has dejado muy claro que no me encuentras… deseable.

Matteo esbozó una sonrisa petulante.

–Creo que acabo de demostrarte lo contrario.

–Estabas demostrando algo, pero creo que tenía que ver más con una cuestión de poder que de deseo.

–¿Qué quiere decir eso?

–Que no quieres que siga adelante con la anulación.

De pronto me sentía agotada, física y emocionalmente, y aún con las sensaciones de su caricia recorriéndome. Había recurrido a todas mis reservas emocionales para sobrevivir a ese encuentro después de tres años de paz, tranquilidad y soledad.

¿En qué había estado pensando al ir allí con esa petición si sabía que Matteo se negaría? Aunque anhelaba más que nunca tener un hijo y una familia, sabía que no tenía la fuerza necesaria para enfrentarme a mi marido y luchar por mi libertad. No, cuando él tenía tanto poder.

–¿Crees que por eso te he besado? –preguntó Matteo algo molesto.

–¿Estás diciendo entonces que de pronto te has sentido atraído por mí y no has podido controlarlo? –solté una carcajada.

Matteo frunció más el ceño y tardó en responder.

–No, claro que no. No seas absurda.

De pronto pensé en el detestable Chris Dawson y en su mirada de repugnancia. «¿De verdad crees que vales tanto, cielo? No seas ilusa».

Creía que había aprendido desde entonces, pero ahora veía que seguía siendo una ilusa por haber pensado que alguien como Matteo Dias accedería a mi plan o me desearía como mujer.

Seguía sin saber por qué había ido hasta allí. ¿Habría sido por una concatenación de recuerdos y hechos? El aniversario de la muerte de mis padres, la boda de mi mejor amiga de Amanos, sentir que, por muy feliz y ocupada que estaba, seguía estando sola.

Siempre estaba sola y siempre lo estaría mientras siguiera casada con ese hombre.

–No importa, Matteo –dije deseando huir de su cara de desprecio y refugiarme en la habitación del hotel–. He cambiado de opinión. Seguiré casada contigo un año más, al menos.

Me giré tan deprisa que perdí el equilibrio, pero entonces Matteo me sujetó por los hombros con esas manos cálidas y firmes.

–Daisy… –dijo en voz baja.

Parecía… ¿triste? ¿Arrepentido? ¿O solo molesto por haber tenido que verme?

–Volveré a Amanos por la mañana –dije, y corrí hacia la puerta.

# Capítulo 4

QUÉ ACABABA de pasar?
Daisy se había marchado, eso era lo que había pasado. Y la había besado. Un beso impactantemente placentero que me había dejado deseando más.

Suspiré mientras me pasaba la mano por el pelo y el corazón me palpitaba demasiado deprisa. Me sentía revitalizado, completamente vivo, como si ese beso hubiera despertado algo dentro de mí.

Lidiaba con el deseo a la vez que intentaba encontrarle sentido a las palabras de Daisy, a su dolor. Creía que no la deseaba incluso cuando la mujer más inocente del mundo se habría dado cuenta de que claramente lo hacía. Jamás me habría imaginado que desearía a esa mujer con tanta fuerza e incluso ahora me veía tentado a salir corriendo tras ella y demostrarle cuánto la deseaba y cuánto me deseaba ella a mí. Lo había sentido por cómo había abierto la boca bajo la mía y me había agarrado de los hombros tirándome hacia ella.

Solo ese recuerdo bastó para que me recorriera un intenso calor y diera un paso adelante. Sin embargo, me contuve. No. Yo no iba detrás de las mujeres, y menos aún de mujeres como Daisy. Debería haberme sentido aliviado de que fuera a volver a Amanos, porque así no volvería a verla nunca, tal como siempre había querido.

Sin embargo, ¿por qué esa idea me inquietaba? Me sentía culpable, como si la hubiese tratado mal, cuando sabía que no había sido así. Le había dado una fortuna y una casa donde vivir, y a cambio solo le había pedido que siguiera casada conmigo. Si ya no estaba satisfecha con el acuerdo, era problema suyo, no mío.

Aun así, no podía quitarme su imagen de la cabeza: ese ridículo vestido rojo que había resaltado tanto su figura, su melena castaña clara y esa expresión de dolor de sus ojos color topacio. Además, no lograba ignorar la realidad de que necesitaría un heredero. ¿Por qué no le complacía lo que le había ofrecido ahora sobre tener un hijo? De ese modo, ella podría seguir en Amanos y mi vida no tendría que cambiar mucho.

¿Podría ser así de sencillo? ¿Era eso lo que yo quería de verdad?

Dándole vueltas, volví a la fiesta.

—Matteo, te has ausentado una eternidad.

Un brazo delgadísimo se agarró al mío y mi acompañante de esa noche me miró esbozando un puchero. La miré intentando recordar su nombre.

—¿Matteo?

—Tenía unos asuntos que atender.

Agarré una copa de champán y me la bebí de un trago. La imagen de Daisy seguía en mi cabeza. ¿Por qué me perturbaba tanto? Había logrado olvidarme de ella completamente durante tres años. ¿Por qué ahora no podía quitármela de la cabeza?

—¿Asuntos?

La mujer cuyo nombre no recordaba intensificó su

puchero; parecía una niña malcriada y malhumorada. ¿De verdad le parecía que era un gesto seductor? Miré su cara perfectamente maquillada y me fijé en su mirada calculadora.

–Esta fiesta es un aburrimiento, ¿verdad? ¿Y si vamos arriba?

Me lanzó una sonrisa seductora que en circunstancias normales me habría hecho sonreír pero que, por alguna razón, ahora hizo que se me revolviera el estómago. No quería a esa mujer. Quería a una con ojos de topacio y un ridículo vestido rojo.

–¿Matteo?

–Esta noche estoy ocupado –dije. Recordé que se llamaba Veronique.

Ella abrió la boca y los ojos en un gesto de sorpresa.

–No será por esa zorra hortera, ¿verdad?

De pronto, me invadió una intensa ira.

–No hables así de ella.

–Así que es por ella, ¿verdad?

Me di la vuelta sin responder. Sí, era por ella, aunque no iba a darle explicaciones a la mujer que acababa de rechazar y olvidar. Eché a andar por el salón con la intención de aplacar la repentina inquietud que sentía. Tenía varios modos de hacerlo, me dije mientras veía a todas las bellezas que había en la sala y que estarían encantadas de acompañarme a donde fuera. Algunas me sonrieron esperanzadas, pero yo desvié la mirada, desinteresado.

Y entonces entendí que ahí estaba el problema. Los placeres de los que había disfrutado siempre ahora me resultaban vacíos y nada atrayentes. Era como si hubiera sondeado mi alma y hubiera descu-

bierto unas profundidades inesperadas. Quería algo
más que un encuentro de una noche o una aventura
insignificante; algo más que fiestas y eventos sociales
con los que llenar mis días.

Tenía treinta y seis años y estaba hastiado de los
placeres de la vida, pero ¿en realidad quería una esposa? ¿Una esposa de verdad?

—Te veo muy solo, Matteo.

Me giré y vi a Lara, una mujer a la que conocía
solo de pasada, acercándose a mí.

—¿Quieres compañía?

Era preciosa, con una larga melena negra, unos
intensos ojos azules, una boca provocadora y una ge-
nerosa figura enfundada en seda azul hielo. Recordé
que era abogada y que residía en Londres.

Ya podía imaginarme cómo se desarrollaría la noche. Un poco de flirteo, unas cuantas insinuaciones y
después directos a la cama. Había sido una danza pla-
centera durante mucho tiempo, pero ahora me resultaba una secuencia de pasos de baile trillados.

¿Le sucedía eso a todo el mundo al cabo de un
tiempo? ¿O Daisy me había hecho algo con su feroz
determinación, su mirada de dolor y ese beso?

«¡Oh, ese beso!».

—¿Matteo? —la especulativa mirada de Lara se posó
en mi rostro con impaciencia.

Y aunque por un momento contemplé la idea de
aceptar su propuesta para mitigar esa nueva afección
que parecía haberse apoderado de mí, finalmente sacudí la cabeza.

—Tengo que trabajar —dije, y salí del salón sin importarme la estela de susurros que dejé tras de mí.

Fui al bar del hotel y pedí un whisky solo que me

bebí de un trago. Estaba a punto de tomar una gran decisión y necesitaba estar seguro. ¿Tanto deseaba a Daisy? ¿Estaba dispuesto a unirla a mí para siempre? ¿Y qué pasaba con el heredero que necesitaba? ¿Estaba dispuesto a asumir esa responsabilidad?

De pronto me vi encerrado mientras alguien me decía que no valía nada y me atormentaba simplemente por mi origen. La rabia aún me invadía ante semejante injusticia y crueldad; la injusticia y la crueldad a las que me había visto sometido una y otra vez no solo por mi abuelo, sino por su despiadada secuaz, Eleni.

¿Tener mi propio hijo sanaría esa herida? ¿Podría ser un buen padre al contrario que mi padre y mi abuelo? ¿Acaso quería intentarlo? ¿Estaba dispuesto a renunciar a mi estilo de vida a cambio de otra cosa potencialmente mejor?

De pronto una imagen cruzó mi mente: un niño con ojos grises y una niña con el pelo castaño claro. ¿De verdad podía estar deseando tener hijos cuando siempre había dicho que no quería?

¿Y qué pasaba con Daisy?

Decidí que se doblegaría a mi voluntad como lo había hecho antes.

—Despierta, Daisy.

Lo primero que vi al abrir los ojos fue el reloj: las siete y media de la mañana.

Lo segundo que vi fue a Matteo Dias de pie junto a la cama.

—¿Qué haces aquí?

—Quiero hablar contigo.

Matteo estaba tan tranquilo, como si no le preocupara haber invadido mi habitación de hotel a esas horas. Llevaba un traje gris con camisa azul y corbata color cobalto, estaba recién afeitado y su cabello oscuro aún se veía húmedo de la ducha. Estaba maravilloso.

–¿Cómo has entrado en mi habitación?

–Le he pedido al conserje que me dejase entrar.

–¿Qué? –no me lo podía creer–. ¿Y te ha abierto? ¡Es una invasión total de mi intimidad!

–Eres mi esposa –dijo él encogiéndose de hombros.

–Cuando te conviene.

Estábamos en desigualdad de condiciones; yo, sentada en la cama con un pijama corto y el pelo probablemente horrible y él, como si acabara de salir de una reunión de negocios.

–Voy a presentar una queja formal al hotel.

–Entonces me la puedes presentar directamente a mí. Soy el dueño.

Me quedé mirándolo boquiabierta unos segundos.

Sabía que Matteo era el presidente de una empresa inmobiliaria, pero nunca me habría imaginado que fuera el dueño del hotel en el que me había alojado.

–Aun así, no deberías abusar de tus privilegios.

Se encogió de hombros de nuevo y esa fue la única disculpa que recibí.

–Quería hablar contigo antes de que te fueras a Amanos.

–¿Por qué? –pregunté irritada. Salí de la cama y me cubrí con el albornoz colgado de la puerta del baño–. No creo que haya nada más que hablar.

–En realidad, sí. He pedido el desayuno. ¿Por qué no hablamos mientras nos lo tomamos?

De todos modos tenía hambre, así que lo seguí hasta el pequeño salón de la *suite*. Había dudado sobre si alojarme en un hotel de tanta categoría, pero había querido estar cerca del lugar de celebración de la fiesta y había justificado el gasto solicitando la habitación más barata, que seguía siendo de lujo para mi gusto.

Con marcada hospitalidad urbana, Matteo empezó a levantar las campanas de las bandejas de plata y el aroma de los *croissants* recién hechos invadió la habitación.

—¿Café?

Me lo preguntó tan amablemente que me senté.

—Sí, por favor.

Me sirvió el café y un plato de bollos y fruta antes de sentarse enfrente.

—Ahora ya podemos hablar —dijo con una sonrisa.

Nunca lo había visto tan simpático aunque, claro, solo lo había visto dos veces en mi vida.

La noche anterior me había ido directa a mi habitación deseando poder olvidar la locura que había cometido. Creía que había aprendido en los últimos años y me había convencido de que estaba actuando con inteligencia e iniciativa al ir a buscar a mi marido para pedirle la anulación; sin embargo, en realidad había sido terriblemente ingenua.

Por supuesto que Matteo no iba a darme lo que quería y por supuesto que yo no podría conseguirlo sin su consentimiento. Además, él tenía razón: mi hombre perfecto no me estaba esperando ni en Amanos ni en ningún sitio. ¿Por qué molestarme en poner mi vida patas arriba ante la remota posibilidad de encontrar a un hombre que probablemente no existía?

–¿De qué quieres hablar?

–He cambiado de opinión. Quiero renegociar los términos de nuestro matrimonio.

Lo miré con desconfianza. Ojalá no hubiera ido a Atenas a buscarlo. Ojalá no me hubiera casado con él nunca. Sin embargo, en el fondo, no deseaba todo eso...

–¿Qué pasa? ¿No estás intrigada?

–Más bien estoy nerviosa. No me fío.

–¿Que no te fías? Pero si siempre te he tratado bien y de manera justa, Daisy.

Eso no se lo podía discutir. Aun así, yo estaba a su merced, lo quisiera o no.

–¿Por qué no me dices qué es lo que quieres?

–Muy bien.

Matteo soltó su taza de café y se echó hacia delante. Intenté no recordar lo persuasivos que habían sido sus besos y sus manos. No, no quería pensar en eso ahora.

–He decidido que quiero que nuestro matrimonio sea... real.

–¿Real? Ya lo es, está todo firmado.

–No, *glykia mu*, no lo es. Pero lo será.

Le brillaron los dientes cuando sonrió.

–¿Qué significa «*glykia mu*»? –después de tres años en Amanos, sabía hablar algo de griego, pero eso no lo había entendido.

–«Cariño mío».

Estaba claro que yo no era nada de eso para él. De pronto, perdí el apetito.

–Por muy «real» que quieras que sea este matrimonio, Matteo, no me interesa.

–¿Estás segura?

–Sí, muy segura –me levanté–. No debí haber venido aquí. Era feliz tal como estaban las cosas. Tal como están.

Matteo ladeó la cabeza y me recorrió de arriba abajo con la mirada.

–¿En serio, Daisy? Si de verdad hubieras sido feliz, no habrías llegado tan lejos para encontrarme.

Abrí la boca para decir algo, pero no emití ninguna palabra. Tenía razón. El deseo y la necesidad de tener un marido de verdad y una familia eran más fuertes que nunca, pero tendría que aprender a vivir con ello.

–Creciste con tu abuela, ¿verdad? –preguntó de pronto, y me quedé impactada.

–¿Cómo lo sabes?

–Anoche busqué un poco de información.

–¿Quién está acosando a quién ahora?

–Siempre resulta útil estar informado.

¿Por qué? ¿Y por qué de pronto había cambiado de opinión? Temía preguntarlo, temía saberlo.

–Sí, crecí con mi abuela. Mi madre murió en un accidente de coche cuando yo era un bebé y nunca conocí a mi padre.

–Entonces, ¿nunca has tenido una familia de verdad?

–Mi abuela era mi familia –protesté sin saber por qué.

Mi abuela había cumplido con su obligación, pero no con mucho amor. Estaba agotada, machacada, limpiando las casas de otras personas y no podía culparla por no haber querido ocuparse de un bebé a su edad o por no haber tenido suficiente espacio en su corazón para quererme como yo había ansiado que me quisieran.

–Pero no la clase de familia que quieres de verdad, supongo, porque eso es lo que te ha animado a venir a buscarme, ¿verdad? No se trata tanto de encontrar al marido ideal como de ser la esposa ideal, la madre.

Lo miré impactada por cómo había dado en el clavo. ¿Cómo había descubierto tanto sobre mí, sobre lo que sentía, en tan poco tiempo? Me inquietó y conmovió al mismo tiempo que pareciera entenderme.

–¿Qué sugieres entonces?

–Formaremos una familia juntos. Una familia de verdad en un matrimonio de verdad –Matteo sonrió sin dejar de mirarme–. Y así los dos tendremos lo que queremos.


Daisy se me quedó mirando, pálida.

Me había pasado la mayor parte de la noche dándole vueltas al asunto. Daisy quería una familia, un bebé, y los tendría. Y yo, por mi parte, tendría lo que quería: un heredero y ponerle fin a ese inquietante deseo.

–¿Y bien? ¿Qué opinas?

–¿Que qué opino? Opino que estás loco, Matteo Dias. Y opino que, con todos los respetos, voy a rechazar tu oferta de un matrimonio de verdad, pero gracias de todos modos.

Y dicho eso se dio la vuelta, volvió al dormitorio y cerró la puerta de golpe.

Me quedé allí sentado un momento, analizando sus palabras, intentando averiguar qué era lo que le había molestado. Daisy quería un bebé, ya se había replanteado el tema de la anulación y no había duda de que se sentía atraída por mí, lo cual con mucho gusto volvería a demostrarle. ¿Por qué iba a poner objeciones entonces?

Me levanté, fui hacia la puerta del dormitorio y me enfurecí al ver que estaba cerrada con llave.

—Abre, Daisy. No hemos terminado de hablar.

—Sí, claro que hemos terminado y, además, me estoy vistiendo.

Me crucé de brazos y conté hasta cien.

—Ya habrás terminado de vestirte.

—Tienes razón. He terminado.

Abrió la puerta y me quedé atónito al verla. Llevaba unos vaqueros descoloridos y una camiseta suelta que la hacían más atractiva todavía a pesar de que el atuendo no acentuaba su preciosa figura, sino que simplemente la insinuaba. ¿Por qué nunca me había fijado ni en sus curvas perfectamente proporcionadas ni en que tenía pecas por la nariz y los hombros, como si estuviera salpicada por polvo de oro a juego con el topacio de sus ojos? Unos ojos que, ahora mismo, brillaban de dolor y rabia.

—¿Por qué estás enfadada? —le pregunté con un tono deliberadamente suave—. Creía que te agradaría.

—¿Agradarme? Solo tú, Matteo, podrías pensar algo así. Eres tan ingenuo al decirlo que casi resulta gracioso.

—No soy ningún ingenuo. Mi plan tiene todo el sentido del mundo y espero que lo veas en cuanto dejes de lado esta reacción tan injustificada.

—¿Así pretendes convencerme?

—¿Adónde vas? —le pregunté cuando agarró una bolsa de viaje y se puso unas sandalias.

—Vuelvo a Amanos.

—¡No hasta que no hayamos terminado de hablar! —grité, aunque ella ni siquiera me miró al responder.

—Ya hemos terminado. Este matrimonio no va a ser más real de lo que ya es.

Se giró hacia mí, furiosa, y todo en ella me resultó vibrante y resplandeciente.

—Y, si quieres anular este matrimonio, por mí estupendo. ¡Adelante! Como te he dicho, te devolveré el dinero.

—He de decir que estás reaccionando de un modo demasiado visceral ante una idea que es sumamente sensata.

—Exacto —dijo ella con una carcajada que me dolió.

Tardé unos segundos en descifrar lo que había querido decir.

—¿No te gusta lo sensato que estoy siendo con respecto al matrimonio?

Ella soltó la bolsa de viaje y me lanzó una mirada que fue como un puñetazo en el estómago.

—Apenas puedo soportarme por haberme casado contigo por conveniencia y dinero. Me encontraba en un momento muy malo cuando me lo propusiste, sin amigos, sin dinero, sin ningún sitio adonde ir y, lo peor de todo, sin esperanza. Fuiste como un caballero en su blanco corcel que venía a rescatarme, pero no eres ningún caballero y ya no necesito que nadie me rescate. Y mucho menos necesito tu versión de un matrimonio y una familia «de verdad» porque te aseguro que no son como tú los ves.

—¿Y cómo sabes cómo los veo yo?

—Me he hecho una idea con lo que has dicho.

—Apenas he dicho nada.

–Ni siquiera creo que sepas lo que es un matrimonio de verdad.

–¿Y tú sí?

–Está claro que no lo sé por propia experiencia, pero sí que sé que, si algún día me caso de verdad, será por amor. Quiero más. Quiero más de lo que tú puedes ofrecerme, y no me refiero ni a más dinero ni al bebé que has supuesto que tanto deseo. Quiero amar a alguien y que me amen, Matteo.

Debí de esbozar una mueca de disgusto, porque se rio y dijo:

–Sí, ya, seguro que eso te horroriza. No te preocupes, lo entiendo. Tu estilo de vida me lo ha dejado muy claro. Pero yo soy distinta y quiero saber lo que es el amor porque nunca lo he tenido y estoy muy segura de que ese concepto no entra en lo que tú me estás proponiendo.

«Amor». Había dado por hecho, erróneamente, que una mujer que había accedido a un matrimonio de conveniencia y había aceptado una cantidad exorbitante de dinero a cambio no se dejaría engañar por la ilusión del amor.

–Así que estás rechazando mi propuesta simplemente por la desacertada idea que tienes del amor.

Daisy soltó otra de esas desconcertantes carcajadas.

–Creo que te equivocas, Daisy.

–Y yo creo que tú te equivocas, así que estamos en un punto muerto.

–¿Sí? –di un paso hacia ella y vi cómo se le dilataron las pupilas–. Yo no lo creo.

–No hagas eso –me advirtió sonrojada y con voz temblorosa.

—¿Hacer qué?

—Mirarme así. En serio, te lo advierto. No me podrás convencer hagas lo que hagas.

—Eso suena a reto… —murmuré.

Daisy se quedó petrificada frente a mí, con el cuerpo tembloroso como una flor sacudida por el viento.

—No pretendía retarte —dijo con apenas un susurro.

Ya la tenía en mis manos a pesar de ni siquiera haberla tocado y saberlo me resultó embriagador. El deseo palpitaba entre los dos, conectándonos, acercándonos.

—Matteo… —se humedeció los labios y sacudió la cabeza, pero seguía sin moverse.

—Esto que ha surgido entre los dos es inesperado, ¿verdad? —murmuré mientras tomaba entre mis dedos un mechón de su pelo—. Creo que nos ha pillado por sorpresa.

La acerqué a mí y sus caderas chocaron con las mías.

—¿Por qué haces esto?

—Porque quiero. Y porque me deseas. ¿Puedes negarlo?

Era importante para mí que fuera sincera, al menos en eso.

—No —susurró ella, y cerró los ojos.

Y entonces la besé.

Sabía tan dulce como la noche anterior y, por mucho que la saboreaba, no me saciaba.

Su cuerpo era suave y maleable y la curva de su cintura encajaba en mi mano a la perfección. Colé la mano bajo su camiseta y sentí su piel de seda y la deliciosa abundancia de sus pechos sobre mis dedos. Era perfecta. Sorprendente pero perfecta.

—Matteo…

Mi nombre fue un gemido entre sus labios y me gustó. Me gustó mucho. La llevé contra la puerta y me excité al sentir su esbelta pierna entre las mías. Ahora era ella la que me estaba acercando a sí. El único problema era la cantidad de ropa que aún llevábamos encima.

Le desabroché los vaqueros, deslicé la mano entre las sedosas profundidades que se ocultaban en ellos y todo su cuerpo se tensó.

—No, no podemos…

—Sí que podemos, te lo aseguro.

Volví a besarla para recordarle cuánto íbamos a disfrutar, pero haciendo acopio de un inmenso esfuerzo, Daisy se apartó.

—No. No, no me vas a tomar contra una puerta como si fuera una ramera cualquiera —dijo con lágrimas en los ojos.

—Podríamos haberlo hecho en la cama.

—No, no lo entiendes. Y nunca lo entenderás. Porque tú ni siquiera entiendes lo que es una relación, Matteo. He leído en las revistas…

—Son revistas de cotilleos. Yo no me fiaría.

—Dicen que estás con una mujer distinta cada semana.

Intenté enmascarar con un tono de hastío la furia que me invadió.

—Cada semana no. Cada dos, tal vez.

—¿Y esperas que me crea que quieres estar casado y serle fiel a una sola mujer? ¿A mí?

Vacilé un segundo, pero solo porque quería estar seguro. Yo siempre cumplía mis promesas. Sin embargo, ese segundo de espera bastó para que agarrara la bolsa de viaje y fuera hacia la puerta.

—¡Da igual! Ya me has respondido. No sé por qué has cambiado de idea ni por qué crees que un matrimonio de verdad… que en el fondo no lo sería… es una buena idea. Tal vez te gustan los desafíos, o tal vez soy una novedad, pero sé que un matrimonio como el que me propones sería un desastre para los dos.

—Ni siquiera sabes qué te estoy proponiendo —contesté con brusquedad.

—Y no quiero saberlo.

Y entonces abrió la puerta y se marchó.

Me quedé allí de pie, furioso. Tal vez no habíamos llegado a la cama, pero estaba seguro de una cosa: eso no había terminado. De hecho, solo era el principio.

# Capítulo 5

**D**AISY, ¿me estás escuchando?

La voz de Maria sonó algo exasperada.

–Sí, sí, *sygnomi*. Estoy un poco distraída, nada más –me acerqué el libro de contabilidad–. Por fin estamos obteniendo muchos beneficios. Qué bien.

–Sí y ahora la demanda es mayor que la oferta. Es así como se dice, ¿verdad?

–Sí.

Sonreí, agradecida una vez más de que Maria Petrakis hablara inglés. Había sido mi mano derecha desde que había llegado a Amanos y sin ella nunca habría podido crear Textiles Amanos.

–Entonces, ¿necesitamos más hilanderas y tejedoras?

Textiles Amanos ahora daba trabajo a treinta mujeres que tejían la tela color turquesa tan típica de la isla gracias a unos tintes hechos de bayas locales, pero estaba claro que necesitábamos contratar a más.

La idea se me había ocurrido cuando llevaba unas semanas en Amanos y estaba aburrida con mi repentina e inesperada libertad. Había trabajado toda mi vida limpiando casas con mi abuela desde que tenía ocho años y también en distintos empleos después de clase durante mi adolescencia. Estaba tan acostumbrada al trabajo duro que estar ociosa estaba empezando a resultarme insoportable.

Además, después de explorar Amanos había observado que había mucho desempleo y que la tela azul que veía que vestían las mujeres era preciosa. No sabía mucho ni de moda ni de estilo, pero sí que sabía sobre tejidos. Mi abuela me había enseñado a tejer y a coser y me había hecho mi propia ropa desde que tenía doce años.

Empecé invirtiendo algo del dinero que me había ingresado Matteo y así abrí un negocio local dando trabajo a mujeres que tejían la tela que después vendíamos en pueblos y ciudades de Grecia. El resto del dinero lo había invertido y vivía de las rentas.

Maria, a la que conocí cuando estaba recién llegada a la isla y me perdí de camino a la aldea, me había ofrecido una ayuda inestimable y al cabo de un año teníamos varios compradores en Atenas interesados en apoyar la economía local y en usar la tela azul para sus confecciones de moda.

Me había sentido bien al emplear parte del dinero de Matteo en ese propósito. Maria se había ocupado de las ventas, que básicamente se hacían *online*, y en tres años nunca había tenido que salir de la isla... hasta que había ido a buscar a Matteo.

«Matteo».

Su nombre me producía algo y temía que pudiera ser deseo. Durante la última semana había estado pensando en su propuesta y en por qué la había rechazado. ¿De verdad creía que algún día vendría a buscarme mi Príncipe Azul? Sería difícil encontrar un marido en Amanos y, además, de momento, aún era una mujer casada.

—¿Daisy? ¡Estás en los cielos!

—Querrás decir «en las nubes» –sonreí–. Lo siento. Solo estaba pensando.

–Has estado «pensando» desde que has vuelto de Atenas.

No le había dicho que había ido a buscar a Matteo, pero sospechaba que se lo imaginaba.

–Sí, es verdad.

–¿Y en qué has estado pensando? ¿En el señor Dias?

–¿Cómo lo sabes? Podría haber ido a Atenas a reunirme con nuestros compradores.

–Entonces me lo habrías dicho.

–Cierto. Bueno, ¿qué te parece esto? Necesitamos más hilanderas y tejedoras, así que ¿qué tal si creamos una escuela para enseñar el oficio a chicas jóvenes?

Parte del problema de Amanos era que la gente joven se estaba trasladando a las ciudades en busca de trabajo.

–Sí, podría ser una buena idea y podríamos plantearnos también expandirnos a las islas vecinas. Kallia no está muy lejos.

–Sí, es verdad. Buena idea.

–¿Y ahora me vas a contar lo del señor Dias?

–No hay nada que contar –respondí por mucho que estuviera empezando a lamentarme de haber rechazado la propuesta de Matteo.

–Yo creo que sí, pero te dejo tranquila. Ya me lo contarás otro día.

Le sonreí en señal de gratitud y ella se marchó a su casa dejándome sola en la villa que se había convertido en mi hogar durante los últimos tres años.

Matteo se había quedado corto cuando me dijo que tenía una casa «cómoda». ¡Era impresionante! Enorme, dos plantas de estuco blanco y un tejado de terracota rojo, justo al lado de la playa y con vistas a las aguas color aguamarina del mar Egeo. Mi dormitorio era más grande que todo mi apartamento de Nueva York y solo la cocina era más grande que la casa de mi abuela en Kentucky. También tenía un gimnasio, una piscina infinita y un precioso jardín con buganvillas y jacintos.

Durante el tiempo que llevaba allí solo había hecho unos cuantos cambios. Había plantado un pequeño huerto de hierbas aromáticas y había personalizado el estudio para convertirlo en la sede de Textiles Amanos.

La actividad principal de la empresa aún se desarrollaba en las casas de las mujeres, tal como yo había querido. Recordaba a mi abuela cosiendo ropa por las noches después del trabajo para sacarse unos dólares extras y sabía lo importante que era para las mujeres poder trabajar además de cuidar a sus familias.

Tras decidir que el mejor antídoto para mi inquietud era el trabajo, volví a la oficina y abrí un informe en el ordenador. Una de las mujeres había sugerido un color nuevo para la tela, un tono más oscuro que el turquesa, y acababa de recibir un informe de un químico sobre la posibilidad de intensificar el teñido.

Unos minutos más tarde el martilleo de un helicóptero me sobresaltó. Los helicópteros de rescate eran bastante habituales por la zona, pero nunca había oído ninguno tan cerca.

Al asomarme por la ventana me quedé boquiabierta y el estómago me dio un vuelco de miedo… y también de emoción. No era un helicóptero de rescate. Era uno privado con una «A» y una «E» grabadas en un lateral y estaba a punto de aterrizar en el helipuerto de la villa.

Era Matteo.

En tres años nunca había ido a la isla. Todo el mundo había oído hablar de él, por supuesto, y me habían contado que cinco años atrás se había presentado allí y había comprado la casa en un solo día. Dada su presencia en la isla… o la falta de la misma… muchos de los aldeanos lo seguían por las noticias, al igual que yo, pero nunca lo habían visto.

Y ahora estaba aquí. ¿Por mí?

Me recorrió un cosquilleo. Si Matteo volvía a sugerir su escandalosa proposición, me negaría, ¿verdad? Seguro que era lo más sensato.

Con el corazón acelerado lo vi bajar del helicóptero y venir en dirección a la villa. Caminaba con decisión, vestido como siempre con un impecable traje de tres piezas. Y ahí estaba yo, con unos vaqueros cortados y una camiseta llena de manchas de tinte turquesa. No era precisamente el paradigma de mujer empresaria, pero supongo que esa era una de las ventajas de trabajar en una industria artesanal en una isla remota.

No estaba preparada para visitas… Visitas como mi marido, que ahora mismo estaba cruzando la puerta.


Le había dado una semana; una semana para arrepentirse y para entrar en razón. Esa semana alejado de mi esposa no había hecho más que avivar mis intenciones de hacer que el nuestro fuera un matrimonio de verdad y ahora estaba en Amanos dispuesto a hacer que sucediera.

Entré en la villa que había comprado cinco años atrás como inversión. ¿Dónde estaba Daisy?

Entonces la vi en mitad del salón, pálida y con la barbilla alzada.

—Hola, Matteo.

Me acerqué. Incluso con unos vaqueros cortos deshilachados y una camiseta manchada de pintura estaba absolutamente deseable. Sus piernas parecían interminables y los mechones de pelo que se le habían escapado de la coleta enmarcaban un rostro tan puramente bello que te paraba el corazón.

¿Cómo no había visto su belleza antes? ¿Cómo no la había distinguido en aquella calle de Manhattan bajo la lluvia? Tal vez porque estaba demasiado acostumbrado al pulido glamour de las mujeres con las que solía salir. Pero ahora la superficie pulida de esa belleza calculada se había resquebrajado y había visto la fealdad que ocultaba debajo. La belleza de Daisy, por el contrario, resultaba fresca, pura y sencilla, a diferencia de nuestro matrimonio.

Pero eso estaba a punto de cambiar.

—¿Qué estás haciendo aquí?

—Quiero que reconsideres mi propuesta.

—Vas directo al grano.

—No veo necesidad de ocultar nada.

—Por supuesto que no.

Esbozó una pequeña sonrisa que me alentó e incluso me conmovió tal vez más de lo que debería.

—Es algo que me gusta de ti, Matteo. Eres sincero.

Bueno, al menos le gustaba algo.

—Eso basta para cimentar un matrimonio, ¿no crees? —le dije.

Miré a mi alrededor. Todo parecía igual a excepción de algunos cojines de vívidos tonos turquesa. ¿Así que no había redecorado la casa ni una sola vez? ¿En qué se había gastado el dinero entonces?

—¿Por qué no me la enseñas?

—¿Que te enseñe tu propia casa?

—Has estado viviendo aquí y yo no. Me gustaría ver qué has hecho con ella.

—Nada en realidad.

Aun así, desvió la mirada. ¿Qué estaba ocultando? Me había dicho que me podía devolver el dinero, pero su cuenta bancaria estaba casi vacía.

Tal vez, antes de explicarle los términos de mi nueva propuesta debería descubrir en qué se había estado gastando tanto dinero mi esposa.

—Bueno, igualmente me gustaría que me la enseñaras.

Daisy se encogió de hombros y fue a la cocina.

—Conoces este lugar tan bien como yo.

—No. Solo estuve aquí un día.

Miré la cocina, que parecía más acogedora de lo que recordaba, con colorida alfarería y macetas de hierbas y plantas en el alféizar de la ventana.

Daisy comenzó a avanzar hacia el resto de las habitaciones de abajo: el comedor, la sala multimedia y la biblioteca. Todo eso estaba más o menos como lo recordaba.

De ahí la seguí a la planta de arriba preguntándome si me encontraría decenas de vestidos de alta costura en su armario. No parecía probable, pero no había visto en la propiedad nada en lo que hubiera podido gastarse el dinero y mis fuentes ya me habían confirmado que no había ninguna cuenta de inversión abierta a su nombre.

Miré las cinco prístinas y sencillas habitaciones con poco interés y entonces Daisy vaciló al detenerse frente al dormitorio principal. Mi interés aumentó y me ardió la sangre. Podía imaginarnos a los dos en esa cama gigante, tendidos y entrelazados. Podía imaginármelo a la perfección y, a juzgar por el rubor del rostro de Daisy, ella también podía.

–¿Entramos…? –murmuré, y ella asintió con la cabeza.

La habitación era muy amplia y con un enorme ventanal con vistas al mar, que destellaba en la distancia como una joya. Pero la cama era la verdadera atracción, con su dosel, hecha para el romance. Para el sexo. Los dos nos quedamos mirándola y distintas imágenes me danzaron por la mente. Mis manos ansiaban tocarla y llevarla hasta esa suave superficie elevada sobre una tarima y adornada con cojines de vivos tonos azules.

De pronto, Daisy se giró.

–Y ahí está el baño –murmuró señalando al baño del dormitorio decorado con mármol blanco y negro y equipado con una bañera de hidromasaje y una ducha doble que me hicieron imaginar otra serie de situaciones deliciosas.

En la cama, en la bañera, incluso en el suelo… Podía imaginarnos por todas partes.

–Muy bonito –murmuré, y cuando miré a Daisy vi que se estaba mordiendo el labio inferior y que le ardían las mejillas. ¿Estaba pensando lo mismo que yo o estaba nerviosa por otro motivo? Aún no había averiguado adónde había ido a parar el dinero o si lo seguía teniendo y cada vez sentía más curiosidad. Tenía que saberlo.

–Pues ya está, ya hemos terminado.

Echó a andar por el pasillo, nerviosa, y la seguí muy despacio, procesando todo lo que había visto… y no había visto. ¿Qué había hecho con el dinero?

Y entonces, al bajar, me fijé en una habitación situada junto al vestíbulo que no me había enseñado.

–¿Y esta habitación?

–Ah, está hecha un desastre...

–¿Un desastre? ¿Qué me estás ocultando, Daisy? ¿En qué te has gastado el dinero?

–¿Por eso querías que te enseñara todo? Estás intentando averiguar cómo me he gastado «tu» dinero, que por cierto es mío según nuestro acuerdo. Además, ya te dije que te lo podía devolver.

–No sé si creerte. No hay ninguna inversión a tu nombre.

–¿De verdad crees que te he mentido?

Abrí la puerta y Daisy me siguió.

El portátil estaba abierto y rodeado de papeles. En la pared había un tablón cubierto de mensajes, horarios y listas. Por todas partes había telas del mismo azul que había visto por la casa y sobre la ventana colgaba un cartel hecho de mimbre: *Textiles Amanos*.

–¿Qué es esto?

–Mi oficina.

–Sí, eso ya lo veo, pero no sabía que trabajaras.

–Bueno, pues sí.

–¿Qué es «Textiles Amanos», Daisy?

–Mi empresa.

–¿Tu empresa?

–Sí. Y las inversiones que he hecho están a su nombre, listillo.

Por primera vez en mi vida me quedé sin habla. No me podía creer que me hubiera llamado «listillo» y tampoco me podía creer que hubiera sido capaz de abrir un negocio.

–¿Tu empresa? –repetí.

–Sí, mi empresa. Cuando llegué a Amanos me fijé en que las mujeres llevaban una tela azul preciosa y descubrí que la hacían aquí usando un tinte hecho de una planta autóctona de la isla. Me pareció que tenía valor comercial y fundé una empresa para venderla a fabricantes de toda Grecia.

–¿En esto has empleado mi dinero?

–«Mi» dinero. Y sí. Usé doscientos mil euros para comprar la herramienta apropiada, abrir una página web y contratar algo de ayuda. Maria lleva casi toda la administración y se ha convertido en mi mano derecha. Me ayudó a conseguir mis primeros clientes. El resto del dinero lo he invertido en nombre de la empresa.

–¿Por qué no me habías contado nada?

–¿Cuándo te lo iba a contar? ¿Durante una de nuestras charlas habituales?

–¿Por esto estabas tan nerviosa? ¿No me lo querías contar?

Bajó la mirada y un mechón de pelo le tapó la cara.

–Pensé que te enfadarías.

–¿Enfadarme? ¿Por qué?

–Porque te gusta controlarlo todo, Matteo. ¿Por qué, si no, me has tenido todo este tiempo aquí?

Intenté forzar una carcajada para enmascarar el repentino y sorprendente dolor que me invadió.

–Haces que parezca un monstruo.

–No, solo un obseso del control. Lo cierto es que no sabía cómo reaccionarías porque no te conozco.

Aproveché su respuesta para decir con una sonrisa:

–Entonces, cambiemos eso y empecemos ya mismo.

# Capítulo 6

ALIVIADA y tranquila por que no se hubiera enfadado, me di cuenta de que estaba orgullosa de todo lo que había logrado y complacida de que Matteo lo supiera.

Por otro lado, eso implicaba que me importaba su opinión y no podía permitirlo. No, si quería mantener las distancias, que había sido mi intención desde el principio.

—¿Quieres conocerme más? –pregunté con timidez–. ¿De verdad?

—Sí, de verdad. ¿Tanto te cuesta imaginarlo?

—Sinceramente, sí. Tus… transacciones con las mujeres se han limitado a un conocimiento estrictamente físico.

—Pero nosotros estamos casados y vamos a tener un bebé juntos. Es distinto.

—No vamos a tener un bebé juntos.

No sabía si reír o gritar ante la arrogancia de ese hombre. Incluso ahora, después de haberlo rechazado de un modo muy claro, estaba completamente seguro de que se saldría con la suya, y el problema era que yo sabía que tal vez lo haría.

—De momento, ¿por qué no hablamos un poco? ¿Qué te parece si pasamos la tarde juntos y luego vemos qué surge?

Enarcó las cejas con mirada expectante y yo hice todo lo que pude por no captar su indirecta, por no imaginarnos en la cama de arriba.

–Ya que has venido hasta aquí, de acuerdo.

–¿Por qué no me enseñas la aldea?

–Está bien.

Contra toda sensatez me vi entusiasmándome con la idea. Podía enseñarle a Matteo el almacén donde guardábamos las telas terminadas y el local donde teníamos las tinajas de teñidos. Estaba deseando demostrarle que no era la patética camarera fracasada y sin estilo que él creía que era. Tal vez me sentía insegura a la hora de tratar con la alta sociedad o la vida de ciudad, pero aquí en Amanos sabía quién era. Porque Amanos era el lugar donde me había encontrado a mí misma.

–Voy a cambiarme –dije, y Matteo asintió con la cabeza.

–Yo también. Me imagino que aquí en la isla se viste de manera más informal.

Arriba, mientras el estómago me daba vueltas de nervios, ojeaba mi limitado armario en busca de… ¿qué? ¿Un vestido bonito que pudiera ser sexi y recatado al mismo tiempo? ¿Algo con lo que demostrarle a Matteo que era una mujer con atractivo y belleza?

Solté una triste carcajada. No tenía nada de eso en mi armario formado principalmente por pantalones cortos, vaqueros, camisetas y sudaderas de capucha y, además, no quería arreglarme y acicalarme para Matteo. Solo estaba interesado en mí porque me veía como un reto.

Finalmente, me puse unos pantalones de estilo capri con un top confeccionado con la tela turquesa de

Textiles Amanos. No era un atuendo sexi en absoluto, pero me sentaba bastante bien.

Matteo, como de costumbre, estaba insoportablemente atractivo. Ya fuera con un esmoquin, un traje o, como ahora, unos pantalones oscuros y un polo gris que le resaltaba el color de los ojos, estaba apabullante. Me apabullaba.

–Vamos –dije intentando sonar natural y serena a pesar de que su mirada parecía estar abrasándome la piel.

Sentí un cosquilleo por todo el cuerpo mientras recorríamos el camino de tierra que conducía a Holki, la única aldea que había en la isla.

–¿Por qué compraste este sitio si nunca ibas a venir? –le pregunté durante el paseo.

–En un principio lo compré como inversión, pero al final me ha venido de maravilla para otros fines –me lanzó una brillante mirada–. ¿Has sido feliz aquí?

–Sí.

Había sido mi refugio y crear Textiles Amanos había sido ese objetivo en la vida que tanto había anhelado. Supongo que, en cierto modo, Matteo había sido el responsable de todo ello y asumirlo fue una lección de humildad. Desde nuestro enfrentamiento en Atenas me había centrado tanto en su altivez que había olvidado lo mucho que había hecho por mí.

–Gracias.

–¿Me estás dando las gracias? Esto es nuevo.

Me reí.

–Lo sé y lo siento. Has sido muy amable al darme tanto y creo que nunca he sido demasiado agradecida.

–¿Y por qué crees que ha sido eso?

–Porque a veces eres un cretino arrogante.

No me podía creer que estuviéramos charlando y bromeando así, pero era agradable. Estaba encantada.

–No es arrogancia si llevo razón.

–Claro que no. No esperaría menos de ti.

–Al menos esperas algo de mí.

¿Qué quería decir? ¿Que íbamos a empezar algo juntos? Me sonrojé.

Miré a otro lado, hacia las resplandecientes y tranquilas aguas del mar. Unos escasos momentos de conversación animada estaban haciendo que el corazón me diera piruetas. Tenía que calmarme. ¿Qué tenía Matteo Dias que hacía que la cabeza me diera vueltas?

La respuesta era: todo.

Daisy no dejaba de sorprenderme y me estaba gustando esa sensación. Aún me asombraba que hubiera levantado su propio negocio de la nada y estaba deseando que me mostrara todo sobre la empresa, aunque también estaba deseando pasar tiempo con ella, lo cual era una novedad.

La miré y me fijé en cómo el top rozaba su silueta y los pantalones capri resaltaban sus esbeltas piernas. Llevaba el pelo suelto sobre los hombros formando suaves ondas marrones doradas. Pensé que, si la besaba justo en ese momento, sabría a sol.

Pero tenía que dejar de pensar así. Ese pequeño paseo, por muy agradable que fuera, tenía un propósito y ese propósito era demostrarle a mi esposa que me pertenecía. No me permitiría olvidarlo ni por un instante.

–¿Cuáles son las diez mejores cosas que se pueden

ver en Holki? –le pregunté cuando a lo lejos se empezó a divisar la aldea con sus casas blancas y sus calles adoquinadas.

–No sé si habrá diez –respondió riéndose.

–Pues dime qué debería ver primero –abrí los brazos disfrutando de la novedad de pasar una tarde de sol junto a una preciosa mujer y no en la cama.

–Bueno… –Daisy agachó la cabeza y después me lanzó una tímida mirada–. Podríamos ver el taller y el local de tintado de Textiles Amanos.

–¿Tienes un taller? Entonces sí, vamos a verlo.

Durante las siguientes horas mi admiración y asombro por mi esposa fueron en aumento. Visitamos el taller, un granero luminoso y amplio lleno de la característica tela azul y de mesas de tamaño industrial donde estaban trabajando las mujeres.

Abrieron los ojos como platos al verme, aunque también parecieron contentas de que estuviera viendo su trabajo. Yo, por mi parte, también me alegré de verlo y de escuchar las explicaciones de Daisy.

–Las mujeres tejen la tela en sus casas porque me parece importante que puedan trabajar a la vez que cuidan de sus hijos, pero las teñimos en otra zona y después las terminamos aquí porque hace falta mucho espacio para cortarlas.

–¿Y tus compradores? ¿Cómo los encontraste?

–Por Internet, principalmente. Abrí una página web y pagué algo de publicidad. Maria contactó con unos minoristas de ropa que sabíamos que apoyaban a las pequeñas empresas artesanales. Nos costó, pero ese millón de euros sin duda nos ayudó.

–Y yo que creía que estabas redecorando la casa o comprándote ropa.

–¿Crees que si me hubiera gastado ese dinero en ropa habría llevado aquel espantoso vestido rojo a tu fiesta?

Me reí a carcajadas. Me encantaba su sentido del humor, incluso más que su delicioso físico.

–¿Y dónde aprendiste todo esto? ¿Cómo sabías qué hacer?

–Puede que no tenga mucho sentido de la moda, pero he trabajado con telas toda mi vida. Mi abuela me enseñó a coser y me he hecho mi propia ropa desde que era una cría.

–¿Y la parte empresarial?

–Maria me ayudó. Tienes que conocerla. He ido aprendiendo sobre la marcha y cometiendo muchos errores, pero bueno, tampoco es un negocio grande.

–Es impresionante.

–Gracias.

Daisy sonrió y agachó la cabeza tímidamente mientras salíamos del taller hacia la soleada plaza de la aldea.

–¿Te apetece almorzar?

–La gente hablará si nos ve juntos.

–Quiero que hablen.

–Matteo…

–Me imagino que todo el mundo sabe que estamos casados, ¿no?

–Sí, pero también saben qué clase de matrimonio tenemos.

Por alguna inexplicable razón, ese comentario me molestó. Había sido idea mía y sabía que mi reacción no era razonable, pero no lo pude evitar.

–Entonces así sabrán qué clase de matrimonio tenemos ahora –dije antes de agarrarle la mano, llevarla hacia mí y besarla.

Mi intención era rozarle los labios simplemente, pero su sabor a fresa dulce me hizo querer más. Ella abrió la boca, aceptando mi beso y devolviéndomelo, mientras me agarraba la camisa con una mano y el deseo nos invadía a los dos.

A lo lejos, unos niños nos interrumpieron con sus risas y me aparté muy a mi pesar. Daisy tenía los labios inflamados y los ojos brillantes.

—Ahora sí que van a hablar.

—Que hablen.

—Matteo, no he accedido a nada. No tengo pensado acceder a... meterme en tu cama y vivir contigo.

«Eso ya lo veremos», pensé.

—Vamos a almorzar –murmuré y, agarrándola del brazo, nos dirigimos a la cafetería de la aldea.

# Capítulo 7

ME RESULTÓ sumamente placentero estar sentada al sol en una mesa de la cafetería de la aldea, tomando *souvlaki* y bebiendo vino tinto de las uvas autóctonas *agiorgitiko,* que le conferían un sabor intenso y afrutado que se deslizaba por la garganta demasiado bien.

Estaba un poquito achispada y eso era peligroso porque, en realidad, lo más placentero de la tarde era estar sentada con Matteo disfrutando de su atención, de su humor mordaz y de la calidez con la que su mirada se posaba en mí.

Yo era como un desierto reseco al que de pronto le estaban cayendo unas frescas lluvias primaverales y me moría por empaparme de ellas. Sí. Sin duda, era peligroso.

—Háblame de tu infancia –dijo Matteo como si lo tuviera fascinado y quisiera conocer cada detalle cuando las normas iniciales de nuestro matrimonio habían sido saber lo menos posible el uno del otro–. Me dijiste que creciste en Kentucky, ¿verdad?

—¿Por qué no me cuentas qué has encontrado de mí en Internet?

El vino y tanta atención me habían convertido en una imprudente. No sabía si estaba flirteando o discutiendo o algo a medio camino. Estaba atrapada entre la cautela y el deseo, el sentido común y una excitante imprudencia. Todo era muy divertido, aunque también me asustaba un poco. Matteo era un hombre sexi, encantador y apabullante en muchos sentidos y no me podía permitir olvidarlo.

–Simplemente hice una búsqueda de tu nombre en Kentucky y solo averigüé tu antigua dirección y que viviste con tu abuela en lugar de con tus padres.

Miré a otro lado sin saber cómo me hacía sentir que Matteo supiese cosas de mí.

–¿Y…? –añadió recostándose en su silla y estirando las piernas–. Tómate tu tiempo y cuéntamelo todo. No voy a ir a ninguna parte.

No, desde luego que no iría a ninguna parte. Se quedaría en Amanos hasta que obtuviera lo que quería.

–No hay mucho que decir, la verdad –respondí antes de dar otro trago del delicioso vino–. Nunca conocí a mi padre y, como ya te he contado, mi madre murió en un accidente de coche cuando yo tenía dieciocho meses.

Volvía a casa a las cuatro de la mañana después de haber hecho el turno de noche en una cafetería. El conductor de un camión se había quedado dormido al volante y se metió en su carril acabando con una vida al instante y cambiando otras dos para siempre.

–Sí, me lo contaste, pero no te dije que lo lamento.

Me encogí de hombros. Ese dolor era una vieja herida que sabía que siempre tendría pero que no dolía tanto si no ahondaba demasiado en ella.

–No recuerdo a mi madre y así es complicado echar de menos a alguien.

–¿Sí? –Matteo frunció el ceño y una extraña expresión de angustia le cruzó el rostro por un instante–. No estoy seguro. Creo que puede ser bastante fácil.

Fue una respuesta increíblemente intrigante, pero estaba claro que no iba a decir nada más e incluso que se arrepentía de haber hecho ese comentario.

–¿Entonces tu abuela y tú vivíais solas?

–Sí.

–¿Estabais muy unidas?

Recordé las noches que había pasado sola mientras mi abuela hacía un turno más o los sábados que habíamos pasado juntas limpiando casas, trabajando en desalentadora y silenciosa solidaridad.

–Por necesidad, supongo. Mi abuela trabajaba todas las horas del mundo para poder llegar a fin de mes y luego no le quedaba ni tiempo ni energía para mucho más.

–¿Para ti?

–Nunca me sentí abandonada –dije un poco a la defensiva–. Lo entendía.

–Pero, aun así, solo eras una niña.

No estaba segura de haberme sentido nunca como una niña. Desde muy pequeña había visto la realidad de la pobreza, del trabajo duro y de la injusticia mientras intentaba desesperadamente conservar el optimismo y la esperanza incluso cuando todo en la vida insistía en que me rindiera.

–Crecí rápido en algunos aspectos.

Y, en cambio, en otros aspectos de la vida había sido terriblemente ingenua y completamente inexperta. Solo sabía trabajar y trabajar, pero ni siquiera eso me había bastado para salir adelante en Manhattan.

–¿Y cómo terminaste en Nueva York?

–Mi abuela enfermó de Alzheimer cuando yo tenía diecinueve años y cuidé de ella hasta que murió, cuando tenía veintidós.

Así resumí esos tres agonizantes años porque me imaginaba que Matteo no querría oír lo deprimentes y terribles que habían sido.

–Después me di cuenta de que no había mucho que me retuviera en Briar Valley.

Entre cuidar de mi abuela, estudiar lo que podía y tener dos trabajos, no había tenido tiempo de hacer amigos ni estrechar vínculos de ningún tipo con nadie. Además, la mayoría de la gente de mi edad se había marchado del pueblo. Cuando finalmente me fui, fue todo un alivio dejar atrás los recuerdos.

Pero no le dije nada de eso a Matteo. Me limité a sonreír y agarré mi copa de vino.

–Siempre había querido ir a Nueva York. Soñaba con ser cantante.

–Eso sí que no lo sabía. Entonces, ¿fuiste a Nueva York para convertirte en una estrella?

–Sí, y acabé como camarera. Seguro que es una historia que se ha repetido miles de veces.

Desde luego, no iba a contarle ni la terrible audición que hice con Chris Dawson ni las cosas tan horribles que me dijo y que me hicieron caer hasta lo más bajo.

–Pero bueno, no pasa nada, ahora canto en la ducha –en realidad, ahora solo tarareaba. Había dejado de cantar el día en que Chris Dawson me había dicho que no tenía talento.

«Eres una don nadie sin talento, Daisy Campbell, y siempre lo serás».

–¿Podrías cantarme algo?

Sus palabras tenían un trasfondo de sensualidad, como si estuvieran bañadas en chocolate.

—Lo dudo. Al parecer, una buena voz en Briar Valley, Kentucky, no es una buena voz ni en Nueva York ni en ninguna otra parte.

—¿Qué quieres decir?

—Solo que me quitaron la ilusión de llegar a ser alguien especial. Pero bueno, eso ya es agua pasada. Háblame de ti.

—No hay mucho que contar.

Por su tono al responder tuve claro que estaba ocultando algo.

—Tiene que haber algo.

De pronto, sentía mucha curiosidad por Matteo Dias. Lo único que sabía de él era que era el presidente de Arides Enterprises, que se había casado para complacer a su abuelo y que estaba considerado el soltero más sexi de toda Europa.

Pero ¿tenía padres? ¿Hermanos? ¿Amigos? ¿Aficiones y vivencias divertidas? ¿Marcas de nacimiento o talentos ocultos?

¿Lo descubriría si nuestro matrimonio fuese de verdad?

—¿Y tu familia? —insistí—. Lo único que sé es que tienes un abuelo que no te gusta mucho.

—Decir eso es quedarse corto, me temo, pero él siente lo mismo por mí.

—¿Y tus padres? ¿Tienes hermanos?

—Mis padres están muertos desde que yo era un bebé.

—Lo siento.

—No lo sientas. Al igual que tú, nunca los conocí.

—¿Y no tienes hermanos?

Matteo vaciló y después respondió con cierta reticencia:

–Tengo un hermanastro. Andreas.

–¿Estáis muy unidos?

–En cierto modo.

–¿Qué significa eso?

–Sufrió una lesión cerebral cuando era pequeño y no ha vuelto a ser el mismo.

–Eso es terrible.

–Más para él que para mí. Hay quien dice que para mí fue una suerte.

–¿Qué quieres decir?

–Da igual, es una vieja historia y tenemos cosas más importantes de las que hablar.

–¿Como por ejemplo?

–Nuestro matrimonio.

Matteo sonrió y se le iluminaron los ojos, pero a mí me dio un vuelco el estómago. ¿Estaba preparada para hablar de eso? ¿Después de haberme negado tan rotundamente a su propuesta la semana anterior, podía ahora replanteármela?

Sí. Sí podía.

–De acuerdo –dije alzando la barbilla–. Hablemos.


Me sentí triunfante al mirar a Daisy. ¡La tenía! Ni siquiera habíamos hablado de los detalles aún, pero sabía que la tenía. Solo era cuestión de tiempo.

–Bueno, dime, ¿cómo sería un matrimonio contigo? –me preguntó con tono firme.

–¿Cómo querrías que fuera?

–Estás dando rodeos.

Cierto, pero no lo admitiría.

—En absoluto. Solo me interesa tu opinión.

—¿Desde cuándo?

—Desde que decidí que quería que nuestro matrimonio fuese de verdad.

—No te creo.

—¿No me crees? ¿Por qué iba a venir hasta aquí si no estuviera hablando en serio?

—No lo sé. ¿Porque para ti solo soy un reto o una novedad? —respondió fulminándome de pronto con la mirada.

—Creía que íbamos a hablar sobre las particularidades de nuestro matrimonio, no sobre mis intenciones.

—De acuerdo, ¿y cuáles son esas particularidades?

—Te he preguntado antes qué esperas de nuestro matrimonio.

—Ah, es verdad, ahí es donde ha empezado todo esto, con tus rodeos. Te da miedo que lo que yo espero no tenga nada que ver con lo que esperas tú, así que quieres ajustar tus respuestas a mis inquietudes, pero claro, no sabes cuáles son. Tal vez debería decirte lo que creo que esperas tú.

—Muy bien, dime qué espero.

Daisy se recostó en su silla y me observó.

—Pareces un hombre de apetito voraz, así que me imagino que quieres una esposa en tu cama con cierta regularidad.

En mi cama con cierta regularidad. Sí, sin duda eso me gustaría.

—Y creo que esa esposa debería tener imaginación.

Se sonrojó, pero no desvió la mirada. Supuse que no estaría diciendo algo así si no se hubiera tomado unas copas de vino.

–Sí, aunque tampoco soy un hombre de gustos salvajes –sonreí–. O no demasiado salvajes, al menos.

Ahora sí que miró a otro lado.

–Me temo que no tengo ni mucha experiencia ni imaginación en lo que respecta a… eso.

–Seguro que puedes aprender.

–Ni siquiera me conoces. Esta es la primera vez que hemos pasado un rato juntos. ¿Por qué ibas a querer estar casado de verdad conmigo? ¿Es que has decidido que al final sí que quieres un bebé?

–La verdad es que sí. Como te he dicho, necesito un heredero.

–¿Un heredero? ¿Es que estamos en el siglo XIV?

–No, en el XXI y en un país que honra el concepto de la familia.

–Y, aun así, hasta que no mencioné que quería una familia, a ti ni siquiera se te había pasado por la cabeza. Está claro que nunca habías pensado en tener un bebé.

–He cambiado de opinión.

–¿Así, sin más? –preguntó ella furiosa.

–Lo he meditado, te lo aseguro.

–No mucho.

–Me subestimas –ahora yo también me estaba enfadando–. Demasiadas suposiciones, Daisy.

–Entonces, a lo mejor es hora de que me digas qué quieres de tu esposa, porque pareces muy reacio a hacerlo.

Era cierto. No quería abordar el temido tema del amor y no tenía ninguna intención de enamorarme de Daisy, pero sabía que necesitaba ser sincero desde el principio si quería que nuestro matrimonio, fuera del tipo que fuera, funcionase.

–Muy bien. Me gustaría una esposa que fuera una madre amorosa para mi hijo y una buena compañera dentro y fuera de la cama.

Ella abrió los ojos de par en par, como si la hubiera sorprendido.

–Y quiero alguien que esté a mi lado en los distintos eventos a los que tengo que asistir por trabajo.

–¿Y crees que yo soy esa mujer? –preguntó incrédula–. Matteo, crecí entre pobreza y ya has visto el poco estilo que tengo a la hora de vestir. Si fuera a esa clase de eventos solo te avergonzaría.

–No me avergonzarías, Daisy –respondí enfadado.

Estuve a punto de decirle que su pasado al menos no era tan detestable como el mío, pero me mordí la lengua. No tenía necesidad de entrar en detalles ahora. Indudable y desgraciadamente, se enteraría con el tiempo.

–Puedo contratar a un estilista personal. Esas cosas se aprenden fácilmente.

–¿Así que eso es lo que quieres? ¿Una mujer en tu cama y de tu brazo? Supongo que es incluso más de lo que me esperaba, pero no es suficiente.

–¿Estás hablando de amor?

–Sí.

–¿Y qué es el amor, Daisy? Dijiste que ni siquiera lo has conocido y que no se puede echar de menos lo que no has tenido nunca –sonreí orgulloso de mi lógica–. Así que, si tuvieras un matrimonio sin amor, ¿cómo sabes que no funcionaría o que no podría estar bien e incluso ser maravilloso?

# Capítulo 8

**M**ATTEO estaba lanzándome una sonrisita de satisfacción y yo no estaba segura de qué responder. Estaba mareada por el sol y el vino y tenía la sensación de que no iba a salir ganando en esa discusión.

Sí, yo había dicho todo eso y, tal como lo había expresado él, resultaba un argumento convincente, pero no estaba dispuesta a admitirlo.

—¿Qué tienes en contra del amor?

—Nada en particular. Solo opino que está sobrevalorado.

Fruncí el ceño deseando haber sido más sensata. Había bebido y hablado demasiado. Me había pasado las dos últimas horas contemplando su impresionante físico y preguntándome si la piel que se le veía bajo el cuello de la camisa sería tan suave como parecía.

—¿Qué significa eso?

—¿Qué es el amor, Daisy?

—Una emoción, supongo.

—Exacto. ¿Y deberíamos fiarnos de las emociones con lo efímeras que son? Podemos estar tristes porque llueve y felices al momento si sale el sol.

—No todo el mundo es tan volátil. Además, entonces supongo que el amor es más que una emoción. Es una… acción. Un compromiso.

—Lo que es un compromiso es el matrimonio. Un voto sagrado.

—¿Ahora sales con el tema de lo sagrado cuando estabas dispuesto a anular nuestro matrimonio en cuanto te conviniera?

—Esto sería diferente y lo sabes.

Sí, lo sabía, ¿pero sería suficiente?

Matteo me estaba ofreciendo casi todo lo que quería: compañía, un hijo, seguridad de por vida y, por supuesto, placer físico. Pero junto a todas esas cosas maravillosas habría también frustración, miedo, dolor y el verdadero peligro de enamorarme de alguien que no tenía ni la intención ni la capacidad de enamorarse de mí.

—Tengo una propuesta.

—¿Otra?

—Un periodo de prueba, por así decirlo. Las próximas semanas tengo dos eventos, una gala benéfica en París y la inauguración de mi nuevo hotel en el Caribe. ¿Por qué no me acompañas?

—¿Hablas en serio?

—¿Por qué te cuesta tanto creerlo?

—Porque la última vez que te vi en público no te hizo ninguna gracia…

—Ya te he dicho que he cambiado. ¿Por qué no te lo puedes creer?

Porque sabía que Matteo no había cambiado lo más mínimo. Seguía siendo peligroso y siempre lo sería.

—Tengo que estar aquí trabajando…

—¿No has dicho que hay una mujer que es tu mano derecha? Seguro que puede ocuparse de todo unas semanas.

Lo cual era cierto, pero aun así me resistía.

–No creo que sea la mujer apropiada.

–Lo eres porque lo digo yo. Eres mi esposa, Daisy. ¿No crees que nuestro matrimonio se merece una oportunidad al menos?

Respiré hondo. Unas semanas. Tampoco sería tanto tiempo.

–¿Y qué pasaría durante esas semanas además de tener que ir a fiestas agarrada de tu brazo?

Su sonrisa y su mirada resplandecieron.

–Lo que tú quieras.

–Y, si después de esas semanas sigo diciendo que no, ¿dejarás el tema y no seguirás insistiendo en que tengamos un matrimonio de verdad?

En realidad, me dolió hacer ese comentario porque tal vez en un par de semanas no volvería a verlo.

–Sí.

Lo creí.

–¿Y qué pasa con el lado… físico?

–No voy a forzarte a meterte en la cama conmigo, si te refieres a eso.

Lo cual quería decir que no le haría falta. Lo noté en su tono y en su sonrisa.

–No sé…

La idea de aparecer en una fiesta del brazo de Matteo y enfrentarme a miradas maliciosas me aterraba, pero había algo que me aterraba más: estar a solas con él. Noche tras noche. Tentación tras tentación.

–No creo que sea la persona adecuada.

–Y yo te estoy diciendo que sí lo eres. Merece la pena intentarlo, Daisy. Eres capaz de mucho más de lo que crees. Has trabajado mucho toda tu vida, te mudaste sola a una ciudad nueva, aceptaste un trato que la mayoría de las mujeres no se habrían atrevido a aceptar, te trasladaste a otro país y le sacaste tanto provecho a todo que incluso has creado un negocio. Daisy, puedes hacerlo. Ya has hecho muchas cosas.

La sinceridad que palpitaba en su voz y brillaba en sus ojos me emocionó.

–¿Lo dices en serio? –pregunté con voz temblorosa. Nadie me había dicho algo tan bonito nunca.

–Sí. Absolutamente.

Lo creí y eso fue lo que me hizo decidirme. Matteo tenía razón; nos merecíamos dos semanas al menos. Para bien o para mal.

–De acuerdo –susurré–. Lo haré.

Matteo se levantó de la mesa con rostro triunfante, pidió la cuenta al camarero y me agarró la mano. Me sentí como si hubiera desatado a una bestia y no supiera si apartarme o prepararme para el ataque.

–Excelente. Lo organizaré todo y nos marcharemos a Atenas esta noche.

–¿Esta noche? Pero…

–El evento de París es dentro de unos días y hay mucho que hacer.


Nada más llegar a la villa, Matteo comenzó a hacer llamadas de teléfono y dar órdenes.

Mientras, yo me retiré a mi estudio para organizar mis propios asuntos y hablar con Maria, que tal como me había imaginado, se alegró mucho de tomar el timón de Textiles Amanos durante un tiempo.

–¿Te vas con el señor Dias? –preguntó con ilusión–. Es muy guapo, Daisy…

–Sí…

Ahora que asimilaba que era una realidad comencé a notar el peso del miedo en el estómago.

–Solo son un par de semanas y por una cuestión de negocios.

Por mucho que Maria se hubiera convertido en mi amiga, yo no tenía la costumbre de desnudar mi alma ante nadie y me parecía que la propuesta de Matteo era algo demasiado extraño y privado como para compartirlo. De todos modos, tampoco me hizo falta decir nada porque Maria lo dedujo por sí sola.

–¿Solo una cuestión de negocios? Sí, claro.

Ignorando la pregunta, le resumí rápidamente lo que necesitaba que hiciese y después subí a mi habitación con la intención de hacer la maleta, pero un solo vistazo a mis vaqueros y camisetas me hizo darme cuenta de que no tenía nada apropiado para una fiesta en París y un fin de semana en un lujoso hotel caribeño.

¿Qué estaba haciendo? ¿Por qué había accedido?

–Porque, como de costumbre, cuando me acerco demasiado a Matteo, dejo de pensar –me respondí en voz alta.

–Ah, aquí está mi encantadora esposa.

Me giré y vi a Matteo apoyado en el marco de la puerta con una sonrisa de satisfacción. ¿Habría oído lo que había dicho?

–¿Estás lista?

–¿Lista? ¿Para qué exactamente?

–Para marcharnos. Mi helicóptero está esperando. Cenaremos en Atenas.

–Matteo, no estoy segura de…

–No vayas a echarte atrás ahora.

–No he hecho la maleta.

–No hace falta. Te lo compraremos todo. Y ahora vamos.

Se dio la vuelta y me dejó allí boquiabierta.

–Pensándolo mejor –añadió girándose hacia mí–, deberías llevarte un jersey. Hace fresco por la noche. Pero hazme caso, *glykia mu*, es lo único que necesitas.


Me sentía absolutamente contento cuando me recosté en el asiento y el helicóptero comenzó a elevarse. La isla de Amanos se extendía ante nosotros como un cuadro de colinas rocosas y olivos, con el verde azulado del Egeo tocando el horizonte. Frente a mí, Daisy miraba por la ventanilla, pálida y nerviosa aunque también con un cierto brillo de emoción e ilusión en la mirada.

Qué deliciosa maraña de contradicciones: miedo y alegría, emoción y nervios. Y lo que más me gustó fue ver esas miradas tímidas que me dirigía disimuladamente cuando creía que no la estaba mirando.

Yo había ganado.

Aunque no se trataba de ganar, por supuesto. Ella no era solo un reto o una novedad, tal como me había dicho, sino mucho más. Era mi esposa y no lamentaba tenerla ahí a mi lado. No lo lamentaba en absoluto.

Mi mente volvió brevemente a aquella necesaria pero incómoda conversación sobre el amor. Creía que le había demostrado bien la naturaleza efímera de esas emociones, pero estaba claro que tendría que convencerla más.

Aun así, estaba seguro de que acabaría viendo lo inútil que era anhelar esa escurridiza emoción. El amor no era más que una ilusión, aunque una muy poderosa. Yo me había enseñado a no anhelarla y lo había hecho por necesidad. Podía enseñarle lo mismo a ella.

Me recosté decidido a disfrutar del breve trayecto hasta Atenas… y de lo que pasaría después.

El ruido de los rotores hacía imposible hablar, lo cual me venía bien porque aún estaba procesando la conversación anterior. Había hablado más con Daisy que con ninguna otra mujer en toda mi vida y aunque saber más de ella me había resultado fascinante, también me había resultado algo incómodo. Era una carga que no sabía si quería llevar encima.

Mi vida, parecida a la de Daisy, había sido una vida de soledad y aislamiento. Cuando no te importa la gente, no puede hacerte daño. Ese había sido mi lema desde muy temprana edad. Había elegido despreciar a mi abuelo porque así su desdén y su odio no me afectarían y la única persona que de verdad me había importado era Andreas.

Pero que Daisy me importara…

No, eso no sucedería. Y, además, yo tampoco le importaría nunca a ella y mucho menos me amaría. Yo no se lo permitiría.

Una hora después, el helicóptero aterrizaba en Atenas, donde nos esperaba una limusina para llevarnos a mi ático de la Plaza Sintagma. Cuando finalmente entramos en el impresionante vestíbulo de mármol, eran cerca de las nueve y estaba agotada.

–¿Por qué no te das una ducha y te cambias? Pediré algo para comer.

Ella miró a su alrededor.

–¿Qué es este lugar?

–Mi casa. Una de ellas.

Daisy sacudió la cabeza lentamente, pero no dijo nada más.

–El dormitorio está a la izquierda. En uno de los armarios hay ropa que te puedes poner.

Sin decir nada, fue hacia la habitación y me dejó algo inquieto. ¿En qué estaría pensando? ¿Estaría simplemente asombrada por la opulencia de mi estilo de vida? Aunque llevaba tres años viviendo en una lujosa villa, era obvio que era una mujer de gustos sencillos.

De pronto deseé colmarla de regalos y mimarla con todo lo que no hubiera tenido ni experimentado antes.

Unos minutos más tarde entré en el dormitorio, me quité la camisa y me desabroché los pantalones. Quería darme una ducha, pero también quería recordarle a mi tímida esposa que éramos marido y mujer por mucho que ella quisiera actuar como si no lo fuéramos.

–¿Qué estás haciendo? –me gritó desde la puerta del baño. Una toalla envolvía su curvilíneo cuerpo.

–Desnudándome. Quiero usar la ducha después de ti.

–¿No puedes usar otra?

Seguía gritándome, pero no me importó. Estaba preciosa, con el pelo húmedo y revuelto alrededor de su rostro sonrojado y envuelta en la toalla.

–No hay más.

–¿Este piso solo tiene un baño?

–Solo necesito uno.

–Pero has dicho… –comenzó a decir con voz temblorosa.

–Que no te forzaría a nada que no quisieras hacer y no lo haré. ¿Qué clase de hombre crees que soy?

–¡Uno que entra pavoneándose desnudo en mi habitación!

–No me estoy pavoneando y esta no es tu habitación. Es «nuestra» habitación –dije con satisfacción.

–¿Seguro que no tienes una habitación de invitados?

–No.

Daisy se anudó la toalla con más fuerza.

–¿Así que esperas que compartamos habitación? ¿Y la cama?

–A mí me parece lo suficientemente grande.

–¿Puedes al menos dejarme un poco de intimidad mientras me visto? –preguntó con voz temblorosa, y yo asentí.

–Claro. Me daré una ducha.

Cuando salí de la ducha y me vestí la encontré acurrucada en la esquina de un sofá de piel blanco del salón contemplando la estrellada noche.

–La comida debe de estar a punto de llegar –le dije, y asintió sin mirarme–. Ya veo que has encontrado algo que ponerte.

–¿De quién es esta ropa?

Ah, ¿así que estaba celosa? La idea me agradó.

–De nadie. La he encargado hoy para ti. Mañana varios estilistas y esteticistas irán directamente a nuestro hotel de París.

Daisy asintió de nuevo sin apenas mirarme. Esa actitud estaba empezando a irritarme un poco.

–¿Qué pasa?

Por fin me miró.

–Nada.

–¿Por qué estás tan…? –«¿triste?». Me detuve antes de llegar a pronunciar la palabra porque, ¿por qué me importaba? Nunca había estado pendiente de las emociones de una mujer.

–¿Por qué estoy tan qué?

–Da igual –me pasé la mano por el pelo mientras me dirigía a la cocina a por una cerveza.

Su silencio y su innegable pesar se prolongaron durante toda la noche y siguieron irritándome e inquietándome.

Cuando después de haber cenado en silencio dijo que se iba a dormir, estallé.

–¿Qué pasa?

–Nada.

–Estás muy seria.

–Porque todo esto me resulta algo extraño.

–Lo extraño puede ser bueno.

–Y también puede ser malo. ¿Por qué te importa, Matteo?

Exacto. ¿Por qué me importaba?

–No me importa, pero no es muy divertido estar sentado con alguien más agrio que un vaso de leche cortada.

–Qué preciosa comparación –respondió ella con ira, lo cual me gustaba más que su melancolía–. No sabía que tenía la labor de divertirte.

–No he querido decir eso.

Pero Daisy ya se había ido y la puerta del dormitorio se cerró de un portazo.

# Capítulo 9

ME QUEDÉ tumbada en la cama, en la oscuridad, mirando al techo.

La tarde que habíamos pasado bajo el sol ya me parecía muy lejana. Llegar a ese imponente piso me había recordado que Matteo era un hombre que no quería que lo conociesen y mucho menos que lo amasen. Y, por supuesto, yo no lo amaba, porque ni siquiera podía llegar a conocerlo.

Siempre había sabido que quería vivir el amor; había sentido ese deseo y lo había convertido en una esperanza, en felicidad.

«Algún día», me decía.

Aceptar la propuesta de Matteo tres años atrás había puesto esa esperanza en espera, pero no la había desvanecido. Y, aunque la vida había hecho todo lo posible por desengañarme, yo había seguido aferrada a esa esperanza. Contra todo pronóstico. Contra toda razón.

Y ahora ahí estaba, dejando que esa traicionera semilla germinara dentro de mí y empezara a crecer aun sabiendo que no debía porque Matteo Dias era la última persona que podría amarme y yo sería una estúpida si lo amaba de todos modos.

Suspiré y me giré sabiendo que me costaría mucho dormir. «Sé sensata, Daisy. ¡Mantén la cabeza fría durante dos semanas y después aléjate!».

Me tensé al oír la puerta abrirse y después lo oí entrar y desvestirse.

Me dio un vuelco el corazón y un cosquilleo me recorrió todo el cuerpo, pero no fue de miedo o nervios, sino de excitación, por mucho que me avergonzara reconocerlo.

Me quedé completamente quieta, decidida a hacerme la dormida. Nunca había compartido cama con nadie que no fuera mi abuela. ¿Y si nos rozábamos accidentalmente? ¿Y si me echaba un brazo encima sin darse cuenta mientras dormía? ¿Y si…?

El colchón se hundió con el peso de Matteo y su aroma a cedro asaltó mis sentidos. El deseo se apoderó de mí y me quedé rígida mientras él se acomodaba en la cama y apoyaba la cabeza en la almohada con un suspiro, tan tranquilo, como si no estuviera en llamas como lo estaba yo.

El silencio se prolongaba y yo seguía sin moverme aunque mi cuerpo vibraba por dentro anhelando su caricia. No podría dormirme, estaba a punto de entrar en combustión.

—Relájate, Daisy —dijo él con tono de diversión—. Te he dicho que no te tocaría y no lo haré. Puedes dormir tranquila.

Y eso, que debería haberme resultado reconfortante, fue toda una decepción. Hice lo que pude por relajarme. Iba a ser una noche muy larga.

Al momento, la respiración de Matteo se volvió más profunda; se había quedado dormido mientras yo seguía ahí, tensa y muy excitada. Era insoportable que él estuviera tan poco tentado y yo tanto. El deseo que me invadía se intensificaba con cada respiración. Quería acercarme más a la cálida y fuerte curva de su hombro e inhalar su amaderado y masculino aroma. Quería deslizar los dedos sobre su mandíbula y mi cabeza no paraba de buscar pretextos para acercarme un poco más. Había estado toda mi vida sola de un modo u otro, esperando el amor sin saber cómo buscarlo. ¿Y si nunca encontraba nada mejor que eso? ¿De qué estaba protegiendo a mi corazón?

De pronto, mi instinto de protección me pareció ridículo.

Me giré hacia Matteo. Apenas podía distinguir sus rasgos en la oscuridad, pero podía sentirlo. Si alargaba la mano, podía tocarle el pecho, sentir su corazón palpitar bajo mi mano y sus esculpidos músculos bajo mis dedos. Y si giraba la cabeza un poco casi podía rozar sus labios con los míos. Recordé su aterciopelada suavidad y su dulce sabor.

Entonces Matteo murmuró algo, un sonido de malestar y me quedé quieta. ¿Estaría despierto?

¿Se estaría riendo de mí y de mis intentos de acercamiento?

Volvió a murmurar algo en griego y tardé un momento en distinguir las palabras.

—*Ochi… ochi… parakalo…*

«No… no… por favor».

Me quedé muy quieta mientras él seguía diciendo:

—*Ochi… Mi… mi!*

«¡No… no!».

—Matteo…

Lo que fuera que le estaba pasando por la cabeza era claramente horrible y no pude evitar intentar reconfortarlo. El deseo que me había estado recorriendo había quedado sustituido por una preocupación aún más intensa.

Con delicadeza le puse una mano en el hombro; su piel estaba caliente y sedosa bajo mis dedos.

–Matteo, despierta. Estás soñando.

Él abrió los ojos. Me quedé paralizada, atrapada por su dura y metálica mirada, y entonces con un movimiento muy rápido se puso encima de mí, aunque no con un movimiento de deseo, sino de defensa.

Intenté apartarlo, temerosa de lo que pudiera hacer en ese estado de sueño y confusión.

–Matteo… Matteo… Soy yo, Daisy.

Sabía que no estaba despierto del todo. Tenía la mirada perdida y su cuerpo atrapaba al mío, fuerte y ardiente.

–¡Matteo! ¡Estabas soñando!

Impactada, vi unas lágrimas cayéndole por las mejillas. ¿Matteo estaba llorando?

–Matteo, ha sido una pesadilla. No pasa nada, te lo prometo.

Él se me quedó mirando un rato más y entonces, bruscamente, maldijo y se apartó de mí para sentarse en el borde de la cama.

Me incorporé.

–Matteo, ¿qué ha pasado? ¿Qué estabas soñando?

–No estaba soñando –respondió casi furioso.

–Estabas dormido. Estabas murmurando algo…

–No.

Una vez más, se había echado a su alrededor esa impenetrable capa de acero. Se levantó, entró en el baño y cerró de un portazo.

Me quedé allí sentada y desconcertada. Por mucho que lo negara, había estado soñando y no había sido un sueño agradable.

Fui consciente en ese momento de que mi marido

tenía recuerdos, miedos, esperanzas y sueños como todo el mundo, aunque no quisiera contármelos.

Matteo tenía secretos y tal vez si lograba descubrirlos podría comprender al complejo hombre con el que me había casado. Tal vez así aprendería a amarlo y él aprendería a permitírmelo.

Miré mi reflejo en el espejo. Tenía la frente cubierta de sudor y los recuerdos de esa espantosa pesadilla seguían invadiéndome. La angustiosa oscuridad, el espacio diminuto, el ruido de la llave en la cerradura y después las horas. ¡Las horas! Había sido interminable...

Pero había sobrevivido y había seguido adelante. No había vuelto a tener ese sueño desde que era niño. ¿A qué venía ahora durante la primera noche que compartía mi cama con Daisy?

Abrí el grifo y me mojé la cara furioso por ser tan débil. Pensé en la delicadeza y la compasión con la que Daisy me había hablado y me sentí avergonzado. Nuestro matrimonio no debería ser así.

Respiré hondo. Tenía que controlar la situación inmediatamente para que Daisy no viera ni mi debilidad ni los recuerdos del niño necesitado que había sido una vez; un niño suplicando amor.

El amor era una ilusión. Había tenido que recordárselo a Daisy, pero parecía que ahora también tenía que recordármelo a mí mismo.

Volví a salir al dormitorio. Daisy estaba tumbada de lado, acurrucada y con el pelo tendido sobre la almohada. Estaba en silencio, pero notaba que estaba despierta.

Por un segundo pensé en decirle algo, incluso en tocarla, pero no lo hice. No se movió cuando me metí en la cama y yo me giré hacia el otro lado. Ninguno dijo nada y me alegré.

Aun así, no pude dormir y me quedé allí tumbado tenso y furioso, asaltado por los recuerdos no solo de aquella vez que estuve encerrado en el armario, sino también de la absoluta indiferencia de mi abuelo, que me había ignorado hasta que me necesitó, y de Eleni, el espectro de mi infancia, con su rostro retorcido y su voz siseante como una serpiente.

«No vales nada…».

Me obligué a apartar esos recuerdos y a pensar en otra cosa, en algo positivo: en Andreas sonriéndome con esa sonrisa de pura felicidad, en Daisy mirándome esa tarde con sus labios curvados en ese gesto tan dulce…

Pero esos recuerdos también me inquietaban porque no estaba acostumbrado a necesitar a gente que me hiciera feliz, a necesitar a nadie para nada.

Nervioso, me giré. Daisy estaba dormida profundamente. Era un ángel de cabello castaño y todo en ella resultaba encantador. Detestaba que me hubiera visto tan débil y vulnerable y, sobre todo, que hubiese sentido lástima por mí.

Por fin, cerca del rosado amanecer, el sueño me invadió y la pesadilla no volvió.

Más tarde me despertó lentamente la luz del sol bañándome con su calidez. En la neblina del sueño fui consciente de un cuerpo cálido junto al mío, de un aroma femenino que envolvía mis sentidos. Aún medio dormido, alargué el brazo hacia ella, que se acercó, fundiéndose en mí. Mis labios encontraron los suyos mientras me abrazaba.

Me perdí en su calidez, en su abrazo, y deslicé una rodilla entre sus piernas mientras profundizaba el beso y la sentía rendirse a mí. Fue todo tan delicioso, tan maravilloso, cuando echó sus brazos a mi alrededor y su cuerpo se arqueó contra mis anhelantes manos.

Pero entonces la conciencia hizo acto de presencia y abrí los ojos. Ver su mirada de compasión y su tierna sonrisa llena de generosidad y comprensión acabó con mi deseo de raíz.

Abruptamente, me aparté de ella. Salí de la cama y me puse una camisa y unos pantalones.

–¿Qué pasa? ¿Por qué…?

–¿He parado? Porque no necesito tu compasión, Daisy, y menos en un momento así. Salimos hacia París en una hora –le dije con brusquedad, y salí de la habitación sin mirar atrás.

Media hora más tarde, mientras trabajaba en el portátil, o al menos lo intentaba, Daisy salió de la habitación tranquila pero con mirada de dolor.

–¿Estás lista? –le pregunté con hosquedad–. Deberíamos irnos ya.

–Sí.

Se detuvo como si quisiera decir algo más, pero yo me adelanté cerrando el portátil y levantándome.

Todo estaba resultando mucho más complicado de lo que me había imaginado o había pretendido. Hacer que ese fuera un matrimonio real no era tan sencillo como me había esperado, pero seguía necesitando un heredero y seguía queriendo una esposa. No obstante, todo se haría según mis normas. «Siempre».

Y decidí que sabía cómo hacerlo.

# Capítulo 10

*–Très belle, madame! Très belle!*

Sonreí nerviosa al verme. En los últimos días un verdadero ejército de estilistas y esteticistas me había mimado y atendido. No me parecía en nada a mí misma, pero suponía que eso era bueno teniendo en cuenta la gala a la que asistiríamos esa noche.

Desde que había tenido aquella pesadilla, Matteo se había mostrado muy distante y la conversación con él había sido mínima aunque, curiosamente, no me había importado. En otro momento habría permitido que esa indiferencia me doliera, pero la experiencia de los últimos días me había hecho pensar que no era un problema de indiferencia, sino de miedo. Miedo a ser vulnerable.

Había tardado algún tiempo en entender que Matteo no quería ni compasión ni comprensión por mi parte y lo había asumido, ciñéndome a sus reglas y siguiéndole el juego.

Sin embargo, ¿estaría haciendo lo correcto al actuar así?

Respiré hondo y contemplé mi reflejo en el espejo. Yo había elegido ese camino y tenía que cumplir con lo pactado.

–¿Estás lista? –preguntó Matteo después de llamar

a la puerta–. Tenemos que marcharnos en quince minutos.

Miré al equipo de estilistas y maquilladores que habían convertido al patito feo en un tímido e inseguro cisne.

–¿Estoy lista?

–*Mais oui, ma cherié!*

Sonreí nerviosa, respiré hondo, agarré el bolso y salí hacia el salón del enorme ático del centro de París.

Apenas había visto a Matteo en los últimos días; él había estado trabajando y yo había sido un trozo de arcilla al que habían estado dando una sofisticada forma. No obstante, habíamos pasado las noches juntos, aunque jamás había intentado tocarme.

Me detuve en la puerta. Él estaba de espaldas a mí, contemplando la noche estrellada de París con la luz de la Torre Eiffel en la distancia.

–Matteo…

Se giró lentamente y se le dilataron las pupilas al recorrerme de arriba abajo. Llevaba un moño suelto con unos mechones de pelo enmarcándome la cara, un maquillaje natural, la manicura perfecta, la piel exfoliada y resplandeciente y, por supuesto, el vestido…

Me había probado seis antes de que Monique, mi estilista personal, hubiera insistido en ese en cuestión, una pieza de seda color topacio con escote de un solo hombro, cintura ceñida y largo hasta los tobillos.

–¿Estoy aceptable? –pregunté con la mayor naturalidad posible.

–¿Que si estás aceptable? –se acercó a mí, me agarró las manos y me llevó hacia él–. Estás impresionante, *glykia mu*. Serás la mujer más bella de la fiesta.

Me reí temblorosa.

–Creo que estás exagerando un poco.

–En absoluto.

Sonriendo, me dio un fugaz beso que fue como una promesa. Durante los últimos días, Matteo había mantenido las distancias, tanto física como emocionalmente, pero con mis manos en las suyas y sus labios produciendo un cosquilleo en los míos, empecé a albergar la esperanza de que eso pudiera cambiar. De que él fuera a cambiar.

–Tu atuendo es perfecto excepto por una cosa.

–¿Qué?

–Esto.

Del bolsillo del esmoquin sacó una pequeña caja de terciopelo negro.

–Matteo…

–Debería habértelo dado antes, al principio –abrió la caja, que contenía dos anillos, uno de diamantes y dos zafiros y otro que era una sencilla alianza de platino. Eran un anillo de compromiso y otro de boda–. ¿Te los puedo poner?

Asentí sin decir nada, pero el hecho de que me pusiera esos anillos significó más que la ceremonia celebrada tres años atrás.

–Son preciosos –susurré.

–Y tú eres preciosa, pero necesitas algo más –sonriendo, sacó otra caja más alargada.

–¿Cuántas joyas más llevas encima?

–Solo esta.

Emití un grito ahogado al ver el collar de topacios con un diamante incrustado.

–Es precioso.

–Deja que te lo ponga.

Me giré y noté las frías piedras contra mi piel y sus dedos rozándome la nuca. Y al instante sentí a Matteo besándome en la nuca y sus manos sobre mis brazos desnudos.

—Eres encantadora, *glykia mu*. Estoy deseando que llegue esta noche.

No estaba pensando en la fiesta y yo tampoco. Después de días de apenas contacto físico y un más que preocupante distanciamiento emocional, mi corazón y mi cuerpo ansiaban esa intimidad. Estaba lista.

París estaba cubierta de estrellas cuando subimos a la limusina que nos llevó a la fiesta celebrada en un salón privado del Louvre.

—Estoy muy nerviosa. ¿Y si todos piensan que soy una paleta?

—No lo harán, y aunque lo hagan, no me importa nada su opinión. No son más que unos farsantes y unos parásitos. Unas sanguijuelas oportunistas.

Me extrañó su tono absolutamente despectivo.

—Pero son la flor y nata de la sociedad, la gente con la que te has relacionado siempre.

—Porque no he tenido más remedio.

—¿No te caen bien?

Cada vez me daba más cuenta de que la dura fachada de Matteo ocultaba un interior vulnerable, pero sabía que eso no se lo podía demostrar porque, cuando veía mi compasión y mi preocupación, se alejaba. Tal vez no estaba acostumbrado o tal vez simplemente odiaba sentirse vulnerable y, a diferencia de mí, no deseaba que otra persona conectara con él, lo entendiera y lo amara.

Sin embargo, me podía apostar mi corazón, mi esperanza y mi vida a que sí que quería lo mismo.

–Creo que más bien soy yo el que no les cae bien, aunque me da igual porque me son indiferentes.


¿Por qué me había permitido decirle lo que opinaba de esas personas?

Sí, era cierto. Por mucho que las mujeres quisieran calentarme la cama y que los hombres pudieran verse impactados por mi riqueza y mi poder, para toda esa gente seguía siendo el hijo bastardo que no había sido lo suficientemente bueno hasta que mi abuelo no había tenido más remedio que aceptarme. Todos lo sabían, pero también sabían que no debían hablar de ello.

Aun así, no había pretendido mencionarle nada a Daisy, pero había pasado tres noches sin dormir y mirando al techo mientras la tenía durmiendo a mi lado y el esfuerzo que me había supuesto no tocarla me había debilitado emocionalmente.

Sin embargo, esa noche sería distinta. Esa noche iba a presentar a Daisy ante todo el mundo y por fin nos convertiríamos en marido y mujer de verdad, como era debido, y sin emociones de por medio.

–No me esperaba que hubiera fotógrafos –murmuró Daisy cuando llegamos al Louvre y nos vimos asaltados por una multitud de *flashes*–. Todos se van a preguntar quién soy.

–Pronto lo descubrirán.

–Espera… ¿qué? –se giró hacia mí con esos encantadores ojos abiertos con sorpresa–. ¿Qué quieres decir? ¿No irás a decirles que…?

–¿Por qué no?

–Porque esto es una prueba…

–¿Qué prefieres, Daisy? ¿Que te presente como mi esposa o como mi última amante?

–¿No hay otra opción?

–Por supuesto que no.

–¿Y vas a decirles cuánto tiempo llevamos casados? ¿Vas a decirles que he estado encerrada en un sucio secreto durante tres años mientras tú te ligabas a quién sabe cuántas mujeres?

–Yo no lo describiría así, pero de todos modos no tienen por qué saber cuánto tiempo llevamos casados. Con que sepan que lo estamos basta.

Estábamos entrando en el museo cuando Daisy se detuvo en la puerta.

–Me van a machacar. Todos se van a preguntar en qué narices pensabas al casarte con alguien como yo.

–Te aseguro que nadie pensará eso. No les dejaré –dije con vehemencia porque detestaba la idea de que alguien la mirara por encima del hombro–. Además, eso no es verdad. No eres una don nadie, Daisy Dias. Eres una empresaria preciosa e inteligente y me siento orgulloso y honrado de llevarte de mi brazo como mi esposa.

Unas lágrimas destellaron como diminutos diamantes en sus pestañas mientras me miraba con asombro.

–Matteo, ¿de verdad lo dices en serio?

–Sí.

Me sentí como si hubiera dicho más de lo debido, pero al menos no había dicho nada sobre sentimientos.

–Y ahora, que empiece la fiesta –dije con una sonrisa.

Me saqué un pañuelo del bolsillo y le sequé los ojos con cuidado. Ella sonrió temblorosa en respuesta.

–Gracias –susurró y no respondí porque ya había dicho demasiado.

A los pocos minutos de llegar quedó claro que Daisy no tenía absolutamente nada que temer. Estaba radiante y la gente se sintió tan atraída por su belleza y su calidez como yo. Sí, claro, hubo algunas señoritas que sacaron las uñas al verla, pero Daisy las ignoró sin más.

Mientras me tomaba una copa de champán la vi charlando sobre costura con la esposa de un multimillonario. Daisy movía los brazos elegantemente mientras le daba explicaciones y la mujer, que debía de llevar encima un millón de euros en joyas, la escuchaba atentamente. ¿Quién lo iba a decir?

–Hola, Matteo.

Me sobresalté al sentir un brazo enganchado al mío.

–Hola, Veronique –justo la última persona que quería ver.

–No me has llamado.

–Lo nuestro está acabado –me solté el brazo y me aparté–. Creía que lo había dejado claro la última vez que nos vimos.

–¿Por… esa? –preguntó asintiendo hacia Daisy.

–«Esa» es mi esposa y te agradecería que hablaras de ella con el máximo respeto.

–¿Te has casado? –me preguntó arrugando la cara en un feo gesto de asombro y rabia.

–Eso parece.

–¿En estas dos semanas? No me lo creo.

–Créetelo –respondí mirando a lo lejos y deseando que se marchara.

–No. Recuerdo lo furiosa que entró en aquel salón… Lleváis casados un tiempo, ¿verdad? Y ahora has decidido presentarla en sociedad como si fuera un monito de feria.

Apreté los dientes y los puños, pero me contuve y no respondí.

Veronique soltó una carcajada.

–¡Vaya matrimonio! –dijo, y se marchó.

Por el rabillo del ojo la vi correr hacia un grupo de mujeres y susurrarles algo al oído. El cotilleo ya se estaba extendiendo.

Me acerqué a Daisy y la agarré de la cintura para anclarla a mí ante la tormenta que amenazaba. Me miró asombrada, pero complacida también, antes de retomar su conversación sobre tejidos y costura. Instintivamente, le apreté la cintura con más fuerza y volvió a mirarme, ahora algo preocupada.

–¿Matteo…?

–Me tienes fascinado con tus conocimientos –dije con una sonrisa y, mirando a su acompañante, añadí–: ¿Sabía usted que mi esposa dirige su propia empresa textil?

Siguieron hablando mientras yo sentía el estómago retorciéndoseme de inquietud.

–Voy un momento al baño –dijo Daisy de pronto y aterrado vi cómo una mujer del grupo de cotilleo fue tras ella, sin duda para interrogarla o tal vez para atacarla con punzantes e hirientes indirectas.

¡Que Dios nos ayudara a los dos!

Se ausentó quince insoportables minutos mientras yo consideraba mis opciones. ¿Negar cómo se había filtrado la información? No. No era ningún cobarde y detestaba la idea de mentir a Daisy. ¿Quitarle importancia al asunto? No, porque sabía que a ella sí le importaría lo que pensaran esas personas. ¿Aceptarlo y demostrarle al mundo que ahora las cosas eran distintas? Sí.

Incluso aunque una parte de mí estaba encantado con la idea de que ahora mi matrimonio se conociera, a otra parte de mí le angustiaba que la gente diera por hecho que nos habíamos enamorado, que yo era débil...

Porque eras débil si te hacías ilusiones con el amor, si te convertías en rehén de tus sentimientos.

Por fin, Daisy salió del baño y solo con verla supe lo que había oído. Su rostro estaba demasiado sereno aunque con cierto toque de resignación.

—Daisy...

—Se ha descubierto el pastel —esbozó una sonrisa de ironía y dolor al mismo tiempo—. Lo he oído en el baño. Creo que querían que me enterara.

—Daisy, lo siento...

—¿Por qué lo sientes, Matteo? —levantó la barbilla en una actitud que sospechaba que había adoptado durante gran parte de su vida—. Es la verdad.

—¿Qué estaban diciendo esas mujeres?

—Bueno, lo esperado. Que tenías una mujer por ahí escondida y que, obviamente, no pensabas mucho en ella.

—Daisy...

—Y que la única razón por la que me estás presentando ahora es porque hace unas semanas te monté una escena en aquel baile y que, de lo contrario, seguiría encerrada en un armario.

—Lo siento —repetí. Odiaba ver que le hacían daño, sobre todo ese nido de víboras.

—Como te he dicho, no hay nada que sentir. Es la

verdad, ¿no? No estaríamos aquí, o al menos yo no estaría aquí, si no te hubiera plantado cara en aquella estúpida fiesta –soltó una triste carcajada–. ¿En qué estaría pensando cuando lo hice?

–Yo me alegro de que lo hicieras –le dije, y lo dije en serio. Completamente.

–¿Sí? Porque puedo soportar cualquier cosa que me digan si es verdad. Ahora las cosas son distintas, ¿no?

Me miró; sus ojos brillaban con el mismo tono que el collar que le había puesto alrededor del cuello. Y aunque una parte de mí quería recordarle que las cosas no eran tan distintas, otra parte silenció la voz de la razón por completo.

–Claro que sí –la besé–. Claro que sí –repetí contra sus labios.

Ella asintió con los ojos cerrados y de pronto no pude soportar seguir ni un segundo más en ese salón abarrotado.

–Vámonos de aquí. Ya.

Daisy abrió los ojos de par en par y me miró.

–De acuerdo.

Y así, la agarré de la mano, la saqué de allí y ninguno de los dos miró atrás.

# Capítulo 11

ME RECORRIERON chispas por todo el cuerpo cuando Matteo abrió la puerta de la limusina. Sabía a lo que había accedido y estaba emocionada, pero también nerviosa. ¿Estaba segura de lo que iba a hacer? Sí. ¿Sabía lo que hacía? En absoluto.

Los comentarios que había oído me habían dolido, aunque en realidad no me importaban esos buitres de la sociedad, solo me importaba la gente auténtica, como la mujer que había conocido y que había mostrado tanto interés por la costura.

Y Matteo. También me importaba Matteo. Cada vez más.

Cuando la limusina paró frente a Arides Internacional, uno de los muchos hoteles de lujo del grupo empresarial, un portero con guantes blancos abrió la puerta. Matteo le dio las gracias y me ayudó a bajar del vehículo.

Entramos en el lujoso edificio de la mano y sentí sus dedos cálidos y fuertes tirando de mí. Ninguno dijo nada en el ascensor que nos condujo a la *suite* presidencial situada en el ático donde siempre se alojaba Matteo. Me palpitaba tanto el corazón cuando entramos que temí que él pudiera oírlo o incluso verlo bajo la fina seda de mi vestido. Me apoyé en la puerta apenas sin respiración y expectante.

–Daisy –me dijo con tono posesivo y decidido.

Extendió la mano, yo la agarré y nuestros dedos se entrelazaron mientras tiraba de mí hacia él.

Nuestras caderas se rozaban y estábamos ardiendo, pero Matteo se tomó su tiempo, rozándome los labios delicadamente con los suyos. Nos besamos y nos besamos y sentí como si el mundo se desvaneciera. «Podría ser feliz así, besándolo para siempre», pensé incluso aunque una parte de mí sabía que no podía.

De pronto, Matteo detuvo el beso y empezó a avanzar hacia el dormitorio sin soltarme la mano.

–No hay prisa –murmuró mientras tiraba de mí y yo lo seguía.

–No –logré decir con una temblorosa risa.

¿Sabría Matteo lo inexperta que era en cuestiones de alcoba? Seguro que acabaría descubriéndolo, pero me pregunté si sería mejor decirle la verdad primero.

No. No podía. Me sentiría ridícula y mucho más torpe todavía.

–Eres deliciosa, Daisy –murmuró mientras me rodeaba con los brazos por la cintura y me besaba otra vez con delicadeza, pero también con pasión–. Muy muy deliciosa.

Y entonces me volvió a besar y me sentí perdida.

Me aferré a sus hombros mientras su beso me consumía, pero de pronto se apartó y con un dedo tocó el collar que colgaba sobre mi cuello.

–Esto lo dejaremos hasta el final.

No supe a qué se refería hasta que me bajó la cremallera del vestido con un sinuoso y decidido movimiento. No llevaba sujetador y contuve las ganas de cubrirme porque era la primera vez que estaba desnuda delante de otra persona.

—Eres perfecta, Daisy —dijo él con una sonrisa después de recorrerme con la mirada.

—¿Y tú? —pregunté señalando su esmoquin.

—Ah, claro. ¿Quieres hacer los honores?

Solté una carcajada de incredulidad y entonces me di cuenta de que hablaba en serio. Alentada por su mirada de deseo, me acerqué ataviada únicamente con unos tacones, unas braguitas de seda y un collar que costaba una fortuna. Me habría sentido ridícula de no ser porque la expresión de Matteo me hizo sentir bella, sexi y deseada.

Con cierta torpeza le quité la pajarita y le desabroché la camisa sintiendo el golpeteo de su corazón contra mi palma.

—No tengo mucha experiencia en esto —dije riéndome al intentar quitarle el fajín del esmoquin.

—No importa. Estás haciendo un trabajo excelente.

Cuando finalmente logré quitárselo, le abrí la camisa y pude contemplar su pecho bronceado y perfectamente esculpido. Maravillada por lo hermoso que era, dibujé con mis dedos la silueta de sus pectorales mientras él se reía.

—*Glykia mu*, ninguna mujer me ha hecho sentir así.

—¿De verdad?

—Sí.

Y con un elegante movimiento me tomó en sus brazos y me tendió en la cama. Me quité los zapatos y él se quitó los pantalones y la camisa con impaciencia antes de tumbarse a mi lado y sonreírme.

—Estoy nerviosa —susurré.

—No tienes motivos para estarlo, te lo prometo.

Selló esa promesa con un largo beso y después comenzó a descender besándome la barbilla y la curva del cuello. Cada beso me hacía estremecerme de excitación y me retorcí de placer cuando se detuvo en mis pechos y los colmó de unas atenciones que no habían recibido nunca.

–Matteo… –dije jadeante cuando fue descendiendo con sus besos hasta mi ombligo. Nadie me había tocado así nunca. Nadie me había hecho sentirme así nunca.

Y, entonces, cuando deslizó la mano entre mis piernas y sus dedos encontraron el húmedo calor que residía entre ellas, gemí con fuerza. Todo me resultaba nuevo e impactantemente maravilloso. Tenía unos dedos habilidosos y expertos que me tocaron produciéndome un placer tan intenso que reaccioné sin ni siquiera darme cuenta, arqueando las caderas y agarrándole la mano.

–Tranquila, *glykia mu* –dijo, y me besó de nuevo mientras seguía haciendo magia con sus dedos.

–¡Matteo!

Su nombre salió de mi boca a la vez que mi cuerpo se sacudía de placer bajo sus caricias. Nunca había sentido nada parecido en mi vida y me quedé mirándolo aturdida.

–Y esto ha sido solo el principio –dijo situándose encima de mí.

Empezó a adentrarse en mi interior, pero se detuvo cuando me estremecí.

–¿Daisy?

–Lo siento –murmuré mientras me acostumbraba a la increíble y extraña sensación de tenerlo dentro de mí–. Esto es muy… nuevo.

—¿Nuevo? ¿Quieres decir que...?

—Sí —respondí ocultando mi rostro ruborizado contra su hombro—. No quería decírtelo.

—¿Por qué no?

—No lo sé. Pensé que me rechazarías.

—¿Qué? ¿Por qué iba a hacer eso? ¿Es que no me conoces?

«Sí», pensé mientras mi cuerpo se abría para recibir al suyo. «Sí, te conozco mejor de lo que crees y tal vez mejor de lo que te gustaría. Te conozco, Matteo».

Y entonces me abandoné a las sensaciones y me entregué a él.


—Daisy...

Su nombre fue la única palabra en mis labios y en mi mente mientras llegábamos juntos a esa vertiginosa cima de placer. Cuando gimió suavemente, rodeándome con sus piernas, sentí algo que jamás me habría esperado sentir; no fue mero placer, sino emoción también.

Y me odié por ello. Eso no entraba en el plan. ¡Qué desastre!

Me aparté de ella. El clímax que habíamos compartido aún nos recorría. Ni siquiera habíamos usado protección; había tenido intención de hacerlo, pero se me había olvidado. Me pregunté si Daisy se habría dado cuenta.

Estaba en silencio, con una leve sonrisa en su encantador rostro y su melena castaña dorada alborotada sobre la almohada. Aún llevaba el collar que le había regalado y resplandecía contra su piel dorada. Parecía un cuadro, un hermoso cuadro.

Salí de la cama.

—¿Matteo…?

—Solo voy a beber agua.

En la pequeña cocina de nuestra *suite* respiré hondo un par de veces. Bebí agua mientras hacía tiempo para intentar averiguar cómo actuar. Mi primer instinto fue retraerme y distanciarme, que era mi reacción habitual cuando sentía que alguien estaba atravesando mis defensas, pero nadie había llegado a atravesar esos muros como lo había hecho Daisy y ahora se estaban derrumbando a mi alrededor. No me podía alejar así de ella. Sería demasiado cruel.

Sin pensarlo, saqué una botella de champán de la nevera, agarré dos copas de cristal y volví al dormitorio con una sonrisa.

Daisy estaba sentada en la cama; la sábana le cubría los pechos y se había echado el pelo hacia atrás. Me sonrió vacilante y ver esa duda en su mirada me hizo sufrir de un modo que no me gustó.

—Champán para celebrarlo.

—¿Qué estamos celebrando exactamente?

—Lo nuestro —descorché la botella y serví las dos copas—. Ha sido maravilloso.

Su sonrisa seguía cargada de inseguridad, pero hice como si no me hubiera dado cuenta.

—¡Salud, Daisy! —dije alzando la copa.

Brindamos y bebimos.

—Bueno, nos vamos al Caribe en unos días y estoy deseando enseñarte las playas. Haremos submarinismo. ¿Has estado allí alguna vez?

—¿Tú qué crees?

—Al menos tienes pasaporte —se lo había hecho tramitar aceleradamente cuando nos casamos.

–Sí.

Su mirada marrón dorada escudriñaba la mía, pero no debió de encontrar en ella lo que estaba buscando porque soltó la copa, salió de la cama y se puso un albornoz.

–Vuelve a la cama.

–Ahora voy –respondió con una fugaz sonrisa.

Me sentía estúpido por preguntarme en qué estaría pensando, por querer saberlo. Siempre me había enorgullecido de no necesitar a nadie y, sobre todo, de no preocuparme por nadie. A muy temprana edad había descubierto que el amor era una ilusión, una funesta ilusión, porque por mucho que te esforzaras en conseguirlo, nunca podías tenerlo. Había llegado a la conclusión de que no se podía conseguir porque no era real.

Tenía que darles las gracias a Bastian y a Andreas por darme esa lección porque había visto cómo el amor de mi abuelo por mi hermanastro había quedado reducido a cenizas en cuanto había dejado de serle útil. Lo había desterrado a la planta alta de su casa y no lo había visitado nunca. Aquello me había dolido casi tanto como su total rechazo hacia mí y ver ese cambio me había hecho darme cuenta de lo efímero y falso que era el amor. Pero me alegraba de haberlo aprendido cuando era joven, justo en el momento adecuado.

Me terminé la copa de champán y me estiré en la cama decidido a relajarme.

Cuando Daisy volvió a la cama veinte minutos después, me sorprendió porque, en lugar de estar seria, me sonrió y con cierta picardía se quitó el albornoz.

–Podría acostumbrarme a esto.

–Y yo.

Aún sonriendo, se tumbó a mi lado y abrió los brazos lanzándome una cálida invitación.

Sentir su cuerpo acurrucado al mío fue exquisito y el beso que me dio, un triunfo. Estaba jugando según mis reglas. Las había entendido y aceptado. Podía notarlo por cómo respondió y se entregó a mí y después, cuando quedamos saciados una segunda vez, sonrió al acercarme la copa para que se la volviera a llenar como si me estuviera diciendo: «¿Lo ves? Lo entiendo».

Le llené la copa intentando no fijarme en la tristeza que ensombrecía sus ojos e intentando no sentirla yo también.

# Capítulo 12

BIENVENIDOS a San Cristiano!
Sonreí cuando Matteo y yo cruzamos el arco frontal de su nuevo hotel de lujo y una joven se me acercó y me entregó un ramo de lirios y orquídeas de tonos rosas y morados.

–Gracias, son preciosas –dije sonriéndole.

Habían pasado cinco días desde que habíamos asistido a la gala de París, desde que habíamos convertido nuestro matrimonio en uno muy real. Y había seguido siéndolo mientras habíamos recorrido París, habíamos cenado en varios restaurantes con estrellas Michelin, nos habíamos reunido con algunos de sus socios y habíamos pasado mucho tiempo en la cama conociendo y amando nuestros cuerpos. Además, Matteo me había regalado joyas y ropa, tantas que no sabía qué hacer con ellas.

Estaba abrumada por la elegancia y el lujo de todo lo que me regalaba tan generosamente. Me lo dio todo, todo excepto a él mismo. Y yo intentaba ser feliz con eso, intentaba que fuera suficiente porque aún tenía muchas esperanzas en que las cosas cambiaran, en que tuviera algún tipo de sentimiento que aún no estuviera dispuesto a revelar.

–Esto es increíble –murmuré cuando nos conducían por un enorme vestíbulo lleno de flores tropicales y fuentes. Los postigos estaban abiertos hacia el patio interior, que tenía cinco piscinas en cascada.

–Debería serlo. Es uno de mis hoteles más lujosos.

Chasqueó los dedos y un botones se acercó corriendo.

–¿Señor?

–Por favor, llévanos el equipaje al Bungaló Amaryllis.

–Muy bien, señor.

–¿No vamos a alojarnos en la *suite* presidencial esta vez? –bromeé.

Matteo sonrió.

–Esto es incluso mejor.

Del vestíbulo salimos a una playa de arena blanca y avanzamos hasta un bungaló con su propio jardín.

–Esto es mejor que una *suite* –dijo Matteo cuando entramos en el lujoso salón con sus ventanas dobles abiertas al mar–. Intimidad absoluta –añadió mientras me atraía hacia él.

El botones ya nos había llevado el equipaje y se había retirado discretamente. Giré la cabeza para disfrutar más del beso, del modo en que me hacía sentir. Era como si recobrara vida en sus brazos. Jamás podría cansarme de algo así.

–Deja que te lo enseñe todo –murmuró mientras me llevaba hacia la parte trasera–. Vamos a empezar por el dormitorio.

En unos minutos me había quitado el vestido de tirantes que me había puesto para el viaje y se había despojado él de su traje de lino. Desnudos, entrelazamos nuestros cuerpos sobre las sábanas con el sonido del mar como una sinfonía de fondo perfecta mientras hacíamos el amor.

Porque hicimos el amor o, al menos, así lo vi yo.

–¿Te apetece un ponche de frutas?

Lo vi ir hacia la cocina maravillada por su físico perfecto, su fuerza y su elegancia.

–Me estás mimando demasiado.

–Me gusta mimarte –dijo él al volver con una jarra de ponche y una bandeja de fruta–. Y te lo mereces. Por lo que sé, nunca te han mimado lo suficiente.

Sonreí y di un trago al ponche que me había servido. Deseaba que pudiéramos pasar la tarde en la cama o en nuestra piscina privada, pero, al cabo de un momento, Matteo se levantó para vestirse.

–El deber me llama –dijo con una mueca de disgusto, y me alegró ver que claramente habría preferido quedarse conmigo antes que irse a trabajar.

Seguro que eso significaba algo, ¿verdad? ¿O estaba siendo una ilusa otra vez?

–Sácale partido a todo –me dijo mientras se ponía una camisa limpia–. A la piscina, a la playa… Tomás es nuestro mayordomo personal. No tienes más que pulsar el botón del intercomunicador del salón y estará aquí al instante para atender todas tus necesidades.

–Creía que ese era tu trabajo –me atreví a bromear y Matteo esbozó una pícara sonrisa.

–Así es –respondió antes de besarme en los labios–. Pero él te traerá la bebida –se puso la corbata–. Esta noche cenaremos en el restaurante del hotel y el baile de inauguración es mañana por la noche, no lo olvides.

–¿Cómo iba a olvidarlo? –aunque ya había asistido a alguno, aún me ponían nerviosa esos eventos sociales.

–A la gente le gustas. Tu calidez natural, tu personalidad… Eres como un soplo de aire fresco, *glykia mu*. No cambies nunca.

Recordé esas palabras mientras deshacía la maleta. Había llevado demasiada ropa para solo un fin de semana, pero Matteo había insistido en que debía ir completamente equipada. Tenía varios vestidos de noche y me pregunté con cuál de ellos podría sorprenderlo esa noche. Ya estaba pensando en lo que pasaría después de la gala, cuando me lo quitara, pero decidí que era mejor controlar esos pensamientos por ahora. Llamé a Maria, que me aseguró que Textiles Amanos estaba sobreviviendo sin mí, y fui a la piscina a tomar el sol y a leer una novela.

A última hora de la tarde, cuando el sol empezaba a hundirse en el horizonte aguamarina, decidí empezar a prepararme para la cena.

Mientras me duchaba volví a pensar en el lujo que me rodeaba y en lo feliz que me sentía estando al lado de Matteo. Empecé a cantar, lo cual no había hecho en años, desde que Chris Dawson me había dicho la verdad sobre mi voz.

De niña siempre me había encantado cantar. Mi abuela me había enseñado canciones populares y me había entretenido cantándolas durante las muchas horas que pasaba limpiando. Además, había cantado en la iglesia y siempre me habían dicho que mi voz era preciosa, un don divino, y eso precisamente fue lo que me llevó a un desastroso intento de convertirme en cantante en la gran ciudad.

Y no había vuelto a cantar desde entonces; era como si las palabras de Chris Dawson hubieran matado algo dentro de mí. Pero ese día, que me sentía llena de felicidad, ese algo había cobrado vida.

—¡Daisy!

La voz de asombro de Matteo me sobresaltó.

—No te había visto –dije al cerrar el grifo y agarrar el albornoz, avergonzada de que me hubiera oído cantar–. Lo siento, debía de estar sonando como un grillo.

—Todo lo contrario. Tienes una voz preciosa, Daisy.

—¡Oh, vamos! Como ya te dije, me quitaron la ilusión hace mucho tiempo y ya no sueño con ser una cantante famosa. No tienes por qué llevarme la corriente.

—No lo hago. Tienes una voz preciosa.

Me sonrojé, negándome a creerme sus halagos.

—En serio, no…

—Daisy, te estoy diciendo la verdad. ¿Por qué no me crees?

—Alguien me dijo la verdad una vez.

—¿Quién?

—Uno de los principales cazatalentos de Nueva York, así que… –pasé por delante de él hacia el dormitorio– creo que puede que sepa un poco más que tú sobre cómo suena una buena voz.

—¿Un cazatalentos? ¿Cómo acabaste cantando para él? –preguntó apoyándose en el marco de la puerta.

—Supongo que tuve suerte –«o no».

—¿Por qué me da la impresión, *glykia mu*, de que no me estás diciendo la verdad?

—¿Por qué te importa tanto, Matteo? Es agua pasada.

—Si te preocupa a ti, me preocupa a mí.

Fue una respuesta que debería haberme alegrado, pero estaba demasiado reacia a compartir ese humillante dato de mi vida como para disfrutarla.

—No es importante.

–Creo que sí lo es.

–Estoy segura de que tú tienes cosas que preferirías no compartir. ¿Tenemos que contárnoslo todo?

Matteo me miró enfadado.

–Somos marido y mujer, Daisy…

–Esto es solo una prueba.

En cuanto pronuncié esas palabras, deseé no haberlo hecho. No quería que estuviéramos enfadados, pero tampoco quería que viera lo estúpida e ingenua que era.

–¿Así lo sigues viendo, Daisy? –me preguntó Matteo con un gruñido–. ¿En serio? ¿Eres consciente de que es posible que ya hayamos creado a un bebé juntos? No usé protección aquella primera vez. ¿No has pensado en eso?

Sí, lo había pensado, aunque no se lo había mencionado por timidez. Una parte de mí esperaba estar embarazada. Sabía que no era muy probable, pero como la tonta soñadora que era no dejaba de pintar arcoíris en cielos tormentosos.

–Se me había pasado por la cabeza –admití.

–¿Y aun así sigues hablando de una «prueba»?

–Lo siento, lo he dicho sin querer. Pero ¿por qué no podemos dejarlo, Matteo? –para mi vergüenza, se me saltaron las lágrimas–. Ya no importa.

–Está claro que esto te angustia y, por lo tanto, sí que importa –con delicadeza, me secó una lágrima de la mejilla–. ¿Por qué no me lo puedes contar, Daisy?

–No lo sé. Supongo que me da vergüenza y hace que me sienta humillada.

Suspiré, me apreté más el albornoz y me rendí ante lo inevitable. ¿Cómo iba a esperar que Matteo se mostrara más abierto si yo tampoco lo hacía?

–Si de verdad lo quieres saber, te lo contaré, Matteo.

Ver los ojos de Daisy llenos de lágrimas me llenó de furia. Odiaba verla así. Lo odiaba mucho más de lo que debería.

–Quiero saberlo –dije agarrándole la mano–. Pero, sobre todo, quiero que quieras contármelo.

–No hay nada que puedas hacer…

–Eso ya lo veremos.

Quien hubiera hecho daño a mi esposa lo pagaría. De un modo u otro, lo pagaría.

–Ven a sentarte.

Daisy asintió y me dejó llevarla hasta uno de los sofás del salón. El sol se estaba poniendo y todo estaba bañado en una vívida mezcla de naranja y rosa; la luz la embelleció con un tono dorado cuando se acurrucó en la esquina del sofá.

–No sé por dónde empezar –dijo con una risa temblorosa.

–Empieza por el principio –le dije colocándole un mechón de pelo detrás de la oreja porque sentí la necesidad de reconfortarla con mis caricias– o por donde quieras.

–De pequeña siempre me encantó cantar y, cuando mi abuela murió, no tenía ni dinero ni amigos y decidí marcharme a la ciudad en busca de fama y fortuna. Me marché a Nueva York llena de sueños y valor y creí que con eso me bastaría, pero resultó que también se necesitaba talento.

Me la imaginé sola en la ciudad, intentando abrirse camino, tan inocente y optimista, y se me erizó el vello.

–Tú tienes talento.

Su voz me había parecido increíble, sensual y llena de emoción, y me enfurecía que no pudiera verlo, que alguien le hubiera impedido creer en sí misma.

–Bueno, el caso es que un agente me vio en una audición y me invitó a una entrevista privada. Pensé que había tenido mucha suerte.

Todo dentro de mí se tensó.

–¿Qué estás diciendo, Daisy?

Le temblaron los labios y miró a otro lado.

–Seguro que te lo puedes imaginar.

Podía, pero no quería. Apreté los puños y se me aceleró el corazón.

–¿Te…?

–No llegó tan lejos, aunque sí lo suficiente. Nunca me habían besado hasta ese día y no me habían vuelto a besar hasta… hasta que lo hiciste tú.

–Entonces, ¿qué pasó? ¿Qué… qué te hizo?

–En cuanto entré en la habitación, lo dejó claro. Me dijo que, si era amable con él, él sería amable conmigo. ¡Era tan ingenua que ni siquiera sabía a qué se refería!

–Inocente. Eras inocente.

–Y al verme tan despistada, me lo quiso dejar claro. Me agarró y me tiró sobre el sofá… El resto ya te lo puedes imaginar. Logré soltarme antes de que… antes de que fuera mucho más lejos, pero la cosa fue mucho más allá de lo que yo habría querido. Qué estúpida era, Matteo. Le conté a otra camarera lo que había pasado y se rio de mí y me preguntó si nunca había oído hablar del «casting del sofá». Yo no tenía ni idea de eso, pero debería haberlo sabido…

–No fue culpa tuya. Era ese monstruo el que no debería haberte tocado.

Y, cuando descubriera quién era, haría que lo lamentara.

–Aun así, después de aquello me sentí muy culpable y me sigo sintiendo así.

–¿Culpable? –horrorizado, no pude evitar tomarla en mis brazos. Se acurrucó contra mí y apoyó la mejilla en mi pecho–. ¿Por qué ibas a sentirte culpable?

–Porque debería haberlo sabido. Porque durante unos segundos no lo aparté. Estaba demasiado impactada y no sabía qué hacer, pero supongo que eso le dio un mensaje equivocado…

–No. No, Daisy –le acaricié el pelo con delicadeza–. No fue culpa tuya y no deberías sentirte culpable, jamás, por lo que pasó. Sé que esto son solo palabras y que no van a cambiar lo que sientes o piensas, pero lo que digo es verdad y seguiré diciéndolo hasta que lo creas.

–Gracias, Matteo.

Mientras le acariciaba el pelo fui consciente de algo imposible de ignorar. Yo no era mucho mejor que ese canalla que la había tirado al sofá.

–Daisy, si algo de lo que he hecho… Si alguna vez te has sentido… –apenas podía hablar; las palabras se me atascaban en la garganta.

Daisy me miró y me tocó una mejilla.

–No lo digas, Matteo. Entre nosotros nunca ha sido así.

–Pero yo…

–Shh –me besó en los labios–. Estoy loca por ti, ¿es que no lo sabes?

«Loca por mí».

Había hecho todo lo posible por asegurarme de que nuestra relación seguía siendo puramente física, pero sabía que ya habíamos traspasado una línea. Yo estaba más que loco por ella. Me estaba enamorando y eso me tenía absolutamente aterrorizado.

# Capítulo 13

ASÍ QUE eres la nueva de Matteo.
Ese tono casi de desprecio me dejó paralizada. Era la noche de la inauguración del hotel y me dirigía al aseo.

Me giré lentamente y vi a un hombre de unos cuarenta años mirándome con insolencia.

—¿Cómo dice?

—Que eres la nueva de Dias. Su ramera.

Retrocedí como si me hubieran abofeteado. ¿Quién era ese hombre y por qué me trataba así?

—Soy su esposa. Si me disculpa…

Comencé a avanzar, pero me agarró del brazo.

—¿Sabes quién es? ¿Sabes de dónde viene?

—¿De dónde viene?

—De la nada, querida. De la más absoluta nada. Su madre era una prostituta portuguesa que lo abandonó y su pobre abuelo no tuvo más remedio que acogerlo, aunque seguro que lo lamenta cada día.

—¿Qué? ¿De qué está hablando?

—¿No te lo ha dicho? Pues te estoy haciendo un favor al contártelo. Aléjate en cuanto puedas, pero mientras tanto aprovéchate de él.

—Es usted despreciable.

De nuevo intenté soltarme, pero me agarró con más fuerza y empezó a invadirme el miedo. El salón abarrotado estaba a solo unos metros, pero estábamos solos en un estrecho y oscuro pasillo y podía pasar cualquier cosa.

Durante unos angustiosos segundos me sentí de vuelta en Nueva York, en aquel sofá. El hombre se acercó más y yo me quedé ahí paralizada.

–Quítale las manos de encima.

La voz de Matteo sonó letal y el hombre me soltó al instante.

–Matteo…

–Lo estaba suplicando, Dias, ¿es que no lo ves? Quería a alguien con clase de verdad.

–Fuera –como salidos de la nada, dos guardias de seguridad se materializaron allí, agarraron al hombre uno de cada brazo y se lo llevaron.

–¿Es verdad? –me preguntó Matteo casi con furia.

–¿Qué? ¿Hablas en serio?

–Responde a mi pregunta. ¿Te le has insinuado?

–No me puedo creer que me hagas esa pregunta.

–No estás respondiendo.

–¡Porque no me rebajaré a hacerlo! ¿Cómo puedes preguntarme eso?

–Lo siento. Vamos a dejarlo.

Y se dio la vuelta dejándome sola en el pasillo.

Impactada, entré en el aseo y me eché agua en la cara. Me vi en el espejo y estaba pálida. No podía asimilar todo lo que había pasado. ¿Por qué estaba Matteo tan enfadado conmigo? ¿De verdad creía que me había insinuado a ese hombre?

Se me revolvió el estómago y se me llenaron los ojos de lágrimas. No me podía creer que después de los dos últimos días tan dulces que habíamos compartido todo se hubiera estropeado.

Después de contarle a Matteo mi terrible experiencia con Chris Dawson, había sido muy cariñoso y delicado. Su actitud me había derretido el corazón y me había creado ilusiones.

Habíamos cenado en una sala privada del restaurante y después habíamos paseado por los jardines bajo la luz de la luna, de la mano, mientras me contaba cómo había convertido el imperio tambaleante de su abuelo en el éxito global que era hoy en día y había dominado el mercado de los hoteles de lujo aun negándose a llevar su apellido e insistiendo en mantener el de su madre.

De vuelta en el bungaló habíamos hecho el amor con ternura y nuestros cuerpos y corazones habían estado tan sincronizados que no habíamos necesitado hablar mientras nos movíamos y abrazábamos.

Sí, eso era amor. Al menos por mi parte. Ahora ya lo sabía y lo aceptaba. Me había enamorado de mi marido y empezaba a tener la esperanza de que él también se hubiera enamorado de mí.

Ese día Matteo había trabajado toda la mañana y después habíamos pasado la tarde relajándonos y riéndonos en la piscina antes de prepararnos para la cena. Había estado muy atento y a mi lado durante todo el evento, excepto cuando había ido al aseo, y ahora parecía como si todo hubiese saltado por los aires.

Sin ninguna gana de fiesta, salí por una de las muchas puertas dobles de cristal que conducían a las piscinas en cascada. El agua se veía plateada bajo la luz de la luna y el camino que llevaba a la ladera estaba iluminado por antorchas. Avancé entre la atenta y curiosa mirada de la gente, pero no me importó. Solo me importaba Matteo y no sabía dónde estaba.

Pasé las piscinas y seguí avanzando sin importarme adónde iba. Solo quería alejarme de allí. Por suerte, la terraza estaba vacía y me apoyé en la balaustrada de piedra que daba al mar. Mientras escuchaba el reconfortante sonido de las olas, la brisa de la noche se llevó las últimas lágrimas de mis ojos e intenté encontrarle sentido a lo que había pasado y averiguar qué hacer ahora.

Que Matteo me hubiera dado la espalda así de repente había despertado mis antiguos miedos e inseguridades y me había hecho preguntarme si era una ilusa por esperar un matrimonio real; uno con afecto, respeto y amor.

¿Era una tonta por pensar que podía pasar? ¿Sería más sensato y seguro para mí volver a Amanos y a la fría conveniencia de nuestro matrimonio?

Nuestra prueba de dos semanas terminaba en unos días, pero como Matteo me había recordado, cabía la posibilidad de que estuviera embarazada. ¿Y si solo estaba exagerando lo que podía haber sido una simple discusión de pareja?

Sin embargo, en mi corazón sabía que no era así. Sabía que había algo oscuro oculto en Matteo, algo que no quería que viera.

—Daisy.

Me quedé paralizada al oír su voz.

—¿Qué pasa, Matteo?

Parecía una sirena apenada mirando el mar con añoranza. Unos mechones de pelo se le habían soltado del moño y el vestido de gasa flotaba alrededor de sus piernas destacando su esbelta y casi etérea figura. Era encantadora, pero estaba sufriendo y todo era por mi culpa.

–Lo siento –dije sin más.

Sabía que nunca debía haberle preguntado si se había insinuado a ese baboso de Farraday porque estaba claro que no lo había hecho. Por supuesto que no. Y yo sabía que Farraday me odiaba desde hacía años, no por las circunstancias de mi nacimiento, sino por mi éxito empresarial.

–¿Por qué? –susurró Daisy mirando al mar.

–No lo sé. Estaba enfadado. Lo siento mucho, de verdad.

Lentamente se giró y vi su rostro marcado por la tristeza.

–Siento que hay cosas que me estás ocultando, Matteo.

–¿Qué te ha dicho Farraday?

–¿Se llama así el hombre que…?

Asentí.

–Me ha dicho que eres un hijo ilegítimo y que tu madre era prostituta y te abandonó.

Volví a asentir.

–Eso no me importa –dijo ella–. Espero que lo sepas, Matteo. Yo también soy hija ilegítima. Mis padres nunca llegaron a casarse.

–No lo sabía.

–No me parecía importante. ¿Para ti lo es?

–No me importa, pero por desgracia a mi abuelo le ha importado siempre mucho.

–¿Me lo vas a contar, por favor? –su voz sonó como el tentador susurro de una sirena y me sentí tentado de contárselo.

–Ya lo has oído casi todo.

–Solo he oído el principio.

Despacio se alejó de la balaustrada y fue hacia un lado de la piscina. Se levantó el vestido mostrando unas esbeltas pantorrillas y unos finos tobillos, se descalzó y se sentó en el borde con los pies en el agua iluminada por la luna. Después me indicó que me sentara a su lado.

Me quité los zapatos y los calcetines, me subí los pantalones y metí los pies en el agua. Nos quedamos sentados en silencio unos minutos. Lo único que se oía era el delicado goteo del agua que caía en cascada desde la piscina superior.

Daisy no me presionó, no dijo nada. Simplemente esperó, como si pudiera esperar para siempre.

–No es del todo verdad –dije finalmente–. Mi madre no era prostituta, pero era pobre y se acostó con mi padre para mejorar su posición, aunque por desgracia no le funcionó.

–Lo siento.

–Me dejó en la puerta de mi abuelo porque creía que él podría darme una vida mejor y supongo que lo ha hecho. Mi padre murió antes de que yo naciera. Tuvo un accidente con una lancha motora. Estaba borracho. Su mujer, porque estaba casado cuando tuvo la aventura con mi madre, insistió en que mi abuelo me acogiera. Estaba viviendo con él, pero era muy frágil, tanto emocional como físicamente y estaba embarazada de mi hermanastro, Andreas.

–Qué… complicado.

–Al final mi abuelo lo simplificó mucho todo. Mi madrastra, si es que puedo llamarla así, murió cuando Andreas y yo teníamos un año. No la recuerdo, pero sé que intentó ser amable. Después, mi abuelo se dejó de miramientos.

—¿Qué quieres decir?

—Me odiaba, me detestaba porque era un nieto bastardo, el que no se merecía nada, el que le recordaba al hijo al que había odiado por ser un mujeriego y un libertino. Porque, al parecer, yo me parecía a mi padre y Andreas se parecía a su madre. Creo que mi abuelo me habría abandonado de no ser porque eso habría manchado su reputación. A veces preferiría que lo hubiera hecho porque me amargó la vida.

Pensé en Eleni, la niñera que había colmado a Andreas de afecto y a mí de odio y desprecio. «Siempre serás un bastardo». El armario cerrado con llave… No quería recordar esos terribles y vergonzosos detalles, así que me encogí de hombros y expliqué lo mínimo.

—Aprovechaba cada oportunidad que tenía para recordarme que no me quería allí. A Andreas, en cambio, se le preparó para ser el heredero y le dieron toda clase de oportunidades: colegios privados, clases de equitación, ¡todo! A mí me crio por separado una niñera en un barrio más pobre y aprendí a pelear en el colegio.

Me detuve un momento y respiré hondo.

—Me mantuvieron separado de ellos y, cuando mi abuelo se dignaba a verme, me ignoraba o me insultaba. Pero en cierto modo todo eso me hizo más fuerte, así que tengo que darle las gracias por ello a mi abuelo.

—Pero te hizo heredero de su negocio… —dijo Daisy confundida—. Y te exigió que te casaras. ¿Cómo encaja eso con lo que me acabas de contar?

—Cuando teníamos trece años, como ya te he contado, Andreas tuvo un accidente de esquí y sufrió una lesión cerebral que lo dejó en el estado mental de un niño de ocho años. Ya no era apto para llevar un negocio, pero yo sí, y eso mi abuelo lo odiaba.

–¿Así que te amargó la vida más todavía a pesar de que te necesitaba?

–Algo así.

De pronto me trasladaron a un colegio interno donde no encajaban ni mi acento ni nada de mí y donde la verdad sobre mi vida siempre parecía filtrarse: «Es un bastardo». Y lo peor era que en época de vacaciones tenía que volver a casa, donde mi abuelo hacía todo lo posible por ignorarme o arremeter contra mí. Al menos por entonces Eleni ya no estaba por allí…

–¿Y por qué te exigió que te casaras?

–¿Por pura perversidad, tal vez? O porque pensaba que eso me daría respetabilidad para cuando me entregara las riendas de la empresa, lo cual sabía que tenía que hacer. Tenía cáncer y yo había demostrado que era más que capaz de llevar el negocio.

–Y entonces te casaste con una camarera en lugar de con la mujer de sangre azul que seguro que esperaba. Debió de encantarle –comentó Daisy con ironía.

–Se enfadó mucho, sí. Pero lo último que yo quería era una esnob.

–¿Así que me elegiste a propósito porque no era la persona idónea? –me preguntó con tono de diversión, pero yo seguía sintiendo que debía tener cuidado con lo que decía.

–Sí, supongo… Aunque para mí sí eras la persona idónea.

–No me importa, Matteo. Nunca he tenido delirios de grandeza.

–Y esa es una de las cosas que me gustan de ti. Pero no debe importarnos mi abuelo. Ni siquiera tienes que conocerlo y espero que no lo hagas.

–Creo que sí importa. Está claro que él ha dado forma a la persona que eres, lo quieras o no. ¿Sigue implicado en el negocio de algún modo?

–Solo como testaferro. Al casarme obtuve las acciones mayoritarias y las mantendré mientras siga casado, lo cual pretendo hacer. Así que no debe preocuparnos –le agarré la mano–. Bueno, pues ahora ya lo sabes todo.

–¿Sí?

Daisy me observó, imaginando claramente que había cosas que no había dicho.

–Sabes lo suficiente –me acerqué para besarla–. Siento mucho haber sido un cretino antes –le susurré contra la boca.

Me sonrió y al besarla con más intensidad el deseo me recorrió con más dulzura que nunca. No me cansaba de ella.

–Matteo…

Me agarró de los hombros, me llevó más hacia sí y nos dejamos caer sobre el suelo de piedra de la terraza.

Colé la mano bajo su vestido y, perdidos y aturdidos en la bruma de nuestra pasión compartida, no oímos el carraspeo de una voz hasta que fue demasiado tarde.

–Señor Dias… Siento interrumpirle…

Levanté la cabeza furioso y Daisy se incorporó.

–Más vale que sea por una buena razón.

–Es su abuelo, señor. Acaba de enviar un telegrama al hotel. Requiere su presencia en Atenas inmediatamente.

# Capítulo 14

CONTEMPLÉ la ciudad a través de la ventanilla de la limusina que atravesaba Atenas entre un considerable tráfico. A mi lado, Matteo miraba el teléfono con gesto serio y la mandíbula apretada.

Desde que había recibido el telegrama se había apartado completamente de mí. Entendía que estaba centrado en el negocio y en la petición de su abuelo, pero nuestra relación era demasiado joven como para tratarla así y esperar que sobreviviera.

Las mismas dudas del pasado me invadieron de nuevo, a pesar de todo lo que habíamos compartido. Por fin había sentido que estaba siendo sincero conmigo y cuando me había dicho que su abuelo no importaba había decidido creerlo. Qué inoportuno que solo unos minutos después esas palabras hubieran resultado una mentira.

¿Cuántas más eran mentira? ¿Cuánto de ese matrimonio era real? ¿Qué pasaría ahora?

–¿Dónde vive tu abuelo? –pregunté.

Matteo ni siquiera levantó la mirada del teléfono al responder.

–En una casa a las afueras de Atenas. Llegaremos en un momento.

Veinte minutos después paramos frente a una villa imponente.

Un adusto mayordomo nos abrió la puerta, Matteo entró y yo me quedé atrás al no saber cuál era mi lugar en ese drama.

–El señor Arides desea verlos a los dos inmediatamente –dijo el mayordomo en griego.

–¿Inmediatamente?

–Señor, dice que es urgente.

–Yo decidiré qué es urgente. A mi esposa y a mí nos gustaría refrescarnos después del viaje. Hemos volado catorce horas.

Matteo pasó por delante del hombre y yo lo seguí.

En una habitación de invitados con decoración sobria se quitó el traje y se metió en la ducha sin decir nada. Me senté en un sofá y miré a mi alrededor, hundida.

«¿De verdad vas a acobardarte en cuanto las cosas se complican? ¿Vas a salir corriendo? ¿Es esta la clase de esposa que quieres ser?», me dije. ¡No! Lo intentaría por el bien de lo que creía que sentíamos los dos.

Unos minutos más tarde, Matteo salió de la ducha con una toalla alrededor de las caderas y una mirada de acero.

Un día antes me habría regalado una sonrisa y se habría acercado a mí mientras se despojaba de la toalla. Después, nos habríamos dejado caer en la cama y habríamos hecho el amor hasta que el sol se hubiera desvanecido en el cielo y nos hubiéramos quedado dormidos el uno en los brazos del otro.

–Matteo, ¿puedes hablar conmigo? –le pregunté con voz temblorosa cuando se giró para sacar ropa limpia de la maleta.

–No hay nada que decir.

–Desde que recibiste el telegrama es como si fueras otra persona.

–Soy exactamente el mismo.

Sonó como una advertencia, pero intenté no entrar en pánico, no ceder a mis miedos, porque era una mujer fuerte e inteligente.

«Aunque no tan fuerte e inteligente como para evitar enamorarte de un hombre que no siente lo mismo por ti». No, no quería pensar en eso. Aún no.

–¿Qué pasa? ¿Por qué crees que tu abuelo te ha llamado con tanta urgencia? ¿Tiene algo que ver con las acciones? Es como si tuviera poder sobre ti.

–No seas ridícula –se puso la chaqueta del traje y fue hacia la puerta–. No sé cuánto tardaré. No me esperes despierta.

–Creía que quería vernos a los dos.

–Tendrá que conformarse conmigo.

Y dicho eso, dio un portazo.

Me recosté en el sofá y me dije que debía ser paciente. Era normal que Matteo estuviera tenso por volver a ver a su abuelo.

Me dirigí al despacho de mi abuelo mientras las palabras de Daisy parecían burlarse de mí: «Es como si tuviera poder sobre ti».

Incluso ella, después de tan poco tiempo, podía ver mi debilidad. Podía sentir que después de años de insultos y humillaciones por parte de ese viejo seguía acudiendo a su llamada.

Era un instinto del que no me podía librar por mucho que lo intentara, aunque ya no era tan dolorosamente obvio como cuando era pequeño y me esforzaba al máximo por impresionarlo y tenía la esperanza de que algún día yo sería suficiente para él y él me vería merecedor de su amor o, al menos, de cierto afecto.

Sin embargo, nunca me dio ninguna de esas dos cosas.

Durante mis días de universidad mi método para impresionarlo cambió y en un intento de llamar su atención emprendí un camino de autodestrucción mientras fingía que no me importaba. Me iba de fiesta y salía con mujeres llenando los tabloides con mis proezas y sabiendo que mi abuelo detestaría mi estilo de vida, tan parecido al de su hijo.

Tenía que entregarme el control de su empresa no solo porque no tenía nadie más a quien dárselo, sino porque yo era sencillamente el mejor. Había levantado un negocio fracasado y lo había convertido en el imperio hotelero más poderoso del mundo. Bastian Arides me necesitaba le gustara o no.

Esta vez, en cambio, ni buscaría su aprobación ni intentaría sacarlo de quicio. Me mostraría completamente indiferente porque mi abuelo no tenía ningún poder sobre mí por mucho que esa casa estuviera llena de fantasmas y recuerdos, por mucho que pudiera sentir a Eleni tirándome de la oreja para llevarme hasta esa misma habitación.

Llamé a la puerta y entré sin esperar su respuesta.

Bastian Arides no estaba sentado tras su escritorio como el imponente gigante de gesto severo de mi infancia. No, estaba acurrucado en una mecedora junto a una estufa a pesar de que el día era cálido. Parecía prácticamente un esqueleto y su arrugado rostro tenía un tono amarillento.

–Matteo.

Asentí y esperé sin dignarme a responderle.

–Gracias por venir.

–Vaya, qué sorpresa. ¿Una palabra de agradecimiento?

Me había dejado la piel para salvar su empresa y nunca me había dicho ni una palabra al respecto. Y ahora mi decisión de mantenerme frío e indiferente se estaba esfumando. Ese hombre sacaba lo peor de mí.

–Entiendo que todo esto debe de haberte resultado muy precipitado, pero lo cierto es, Matteo, que no sé cuánto tiempo me queda. El médico me ha dado unos días.

–¿Días? –pregunté con incredulidad–. Hace cuatro meses estabas en remisión.

–A veces, sobre todo a mi edad, la remisión no dura mucho.

Sonrió con tristeza, pero no me conmovió. ¿De verdad creía que iba a sufrir por él o a sentir pena?

–No entiendo qué tengo que ver yo con esto. No hemos tenido relación nunca, solo la justa.

–Lo sé y quiero enmendarlo.

–¿Enmendarlo? –solté una carcajada–. ¿Ahora estás lamentándote de lo que has hecho en la vida?

–Algo así.

Quería la absolución, pero no la obtendría por mi parte.

–Lo siento, viejo. Si estás buscando alguna clase de expiación antes de irte a la otra vida, olvídalo.

Su gesto se retorció en una mueca de pesar.

–Sé que es mucho pedir.

–¿A qué viene todo esto? No me puedo creer que

un viejo tirano como tú se eche a temblar por lo que pueda pasarle después de morir.

–Saber que la muerte está cerca hace que uno miré atrás y vea las cosas con más claridad.

–¿Y qué es eso que ves con tanta claridad?

Bastian Arides vaciló. Qué orgulloso era, no quería admitir nada ante mí. Si quería el perdón solo era por su bien, no por el mío. Yo seguía sin importarle nada.

–He llegado a entender que fui demasiado duro contigo –dijo finalmente.

Solté una carcajada.

–¿Demasiado duro? ¿Solo eso? ¿Y quieres mi perdón?

–Me muero, Matteo…

–Y te veré en el infierno.

Sin decir nada más, me giré y salí del despacho dando un portazo.

¿Cómo se atrevía? Después de tanto tiempo y de tantos insultos, ¿creía que iba a aceptar su arrepentimiento y a estarle agradecido? Y lo peor de todo era que una parte de mí quería aceptar el patético ofrecimiento de Bastian Arides. Una parte de mí quería arrastrarse hasta él y darle las gracias por haberse tomado las molestias de mirarme a la cara por fin.

Odiaba sentirme así, pero odiaba más todavía que Daisy llegara a saberlo.

Salí de la casa y atravesé los jardines porque necesitaba moverme.

–Matteo.

Me giré y la vi. Debía de haberme seguido.

–No –le advertí.

–¿No qué? –preguntó ella con suavidad.

«No me preguntes qué me pasa. No me mires

como si te estuviera rompiendo el corazón cuando es el mío el que está sufriendo. No me quieras, porque no creo que pueda soportarlo».

—Matteo, quiero ayudarte. Quiero estar contigo…

—¡No!

La palabra salió de mí como un rugido y me aparté de ella, me aparté de todo. Volví a la casa y cerré de un portazo como si así pudiera dejar atrás los demonios que me atormentaban.

# Capítulo 15

**P**UEDO hablar contigo un momento?
Asombrada, me giré y vi a un anciano que debía de ser el abuelo de Matteo en la puerta de la biblioteca, donde llevaba toda la mañana. Después de ver a Matteo en el jardín, había desaparecido durante todo el día y tampoco había vuelto al dormitorio, a nuestra cama, por la noche. Esa mañana tampoco lo había visto y estaba empezando a desesperarme.

¿Por qué me estaba apartando así?

–Sí, por supuesto.

Me levanté, pero Bastian Arides me indicó que siguiera sentada.

–Como puedes ver, no estoy muy bien –se sentó en el sillón situado frente a mí.

–Lo siento…

–Soy un anciano y he vivido mi vida para bien o para mal. Bueno, ¿así que eres la mujer con la que se casó mi nieto?

Asentí sin saber muy bien qué decir. Ahora que lo tenía delante no me pareció ese terrible tirano del que me había hablado Matteo. Parecía simplemente un anciano; un anciano muy enfermo.

–Me estoy muriendo. ¿Te lo ha dicho Matteo?

–No lo he visto desde ayer por la tarde.

–Vaya. Me temo que está muy enfadado conmigo.

–¿Por qué?

–Supongo que porque le pedí que me perdonase.

Me quedé sorprendida. Era lo último que me habría esperado.

–¿Está enfadado con usted porque quiere redimirse? –por mucho que Matteo odiara a su abuelo, ese hombre se estaba muriendo. ¿Cómo podía rechazarlo?

–Matteo es un hombre muy orgulloso y ha trabajado mucho para ser quien es. Salvó Arides Enterprises, ¿lo sabías?

–Más o menos…

–Pues sí, lo hizo. Yo no era tan buen empresario como él. No me gustaba correr riesgos. Y su padre… –suspiró–. Su padre no tenía ni cabeza para los negocios ni interés. Matteo fue mi salvador y he de confesar que eso me fastidiaba porque no quería que nadie me salvara, y menos un joven al que no había querido criar.

–¿Por qué culpaba a Matteo de las circunstancias de su nacimiento?

–No lo culpaba. Simplemente lo veía como un recordatorio de la muerte de mi nuera. La quería y cuando murió lo culpé a él.

Debió de verme impactada porque se apresuró a añadir una aclaración.

–La quería como a una hija. Era muy dulce y buena, pero mi hijo la trataba muy mal. Siempre estaba apostando, bebiendo y teniendo aventuras. Acoger a Matteo fue un acto de bondad por su parte, pero también la mató y culpé a Matteo por ello. Me recordaba a su padre, que había sido una gran decepción. Supongo que lo mezclé todo en mi mente –sonrió con tristeza–, y él tampoco me lo puso fácil, pero admito que yo me esforcé muy poco.

–¿En qué sentido la mató acoger a Matteo?

–No era fuerte ni física ni emocionalmente y el nacimiento de Andreas… ¿Sabes quién es Andreas?

Asentí.

–Mi querido Andreas, pobrecito. Su nacimiento la afectó mucho y nunca se recuperó. Acoger a Matteo fue difícil para ella y tener que cuidar de dos hijos sabiendo que uno era el hijo de la prostituta de su marido…

–Su madre no era prostituta. ¿Y cómo puede matar a alguien ocuparse de dos niños? ¿No tenía ayuda?

–Sí, había una niñera, pero a Marina no le gustaba dejarla al cuidado de los niños. Quería que crecieran como hermanos y eso era algo que yo no podía soportar.

–¿Y cómo murió?

–Se suicidó. Sobredosis. No dejamos que se enterara nadie. Creo que Matteo ni siquiera lo sabe.

–¿Y culpó a Matteo por ello?

–Sí. Sé que no tiene lógica, pero fue la reacción de un hombre desconsolado y hundido. No lo quería en mi casa aunque sabía que era responsabilidad mía. No podía soportar verlo después de la decepción de mi hijo y de la muerte de mi nuera y lo envié a otro sitio con la niñera. Me aseguré de que estuviera bien alimentado y vestido y de que recibiera una buena educación y oportunidades.

–Pero no las mismas que Andreas.

–No, no las mismas. Pero ¿por qué tendría que haberlas tenido? Tal vez en Estados Unidos las cosas son distintas, pero aquí importan las circunstancias del nacimiento y la familia. Cumplí mi obligación con Matteo, pero él nunca lo vio.

Sacudí la cabeza. Por mucho que me conmovía ver a Bastian Arides roto me dolía mucho más pensar en la triste infancia de Matteo.

—Tal vez porque usted lo ignoró e insultó.

—Ignorarlo fue lo mejor que pude hacer. Me recordaba a todo lo que había perdido y verlo era demasiado doloroso. Además, Matteo no es una persona fácil de querer. Siempre estaba provocándome, intentando enfurecerme. Lo expulsaron del colegio, ¿te lo ha contado?

Negué con la cabeza y Bastian continuó.

—Cuando era adolescente empezó a beber y a salir con mujeres aun sabiendo que esos habían sido los vicios de su padre. Me provocaba con eso e intentaba que sus actos se hicieran públicos porque sabía que me avergonzaría. Sé que parece que me estoy justificando y tal vez lo esté haciendo, pero ahora quiero enmendar todo lo que hice mal. Mi hijo murió sin conocer mi perdón y mi nuera se alejó de este mundo como una sombra, sin una sola palabra de despedida. Mi mujer murió hace años de cáncer. Quiero marcharme de este mundo en paz y sabiendo que he hecho todo lo posible por reconciliarme con las personas a las que he hecho daño porque no fui lo suficientemente fuerte para amarlas.

Se me hizo un nudo en la garganta al ver tanta emoción en su rostro y en su voz.

—¿Y le ha dicho a Matteo todo esto?

—Sí, pero no se lo ha creído. Me ha dicho que me vería en el infierno, que supongo que es adonde iré.

—Dele tiempo. No puede esperar que cambie tan de repente…

–Creo que es demasiado tarde. Demasiado tarde para que Matteo me perdone o cambie.

«Demasiado tarde». Era demasiado tarde para Bastian… pero también demasiado tarde para nosotros.

–¿Podrías hablar con él por mí? –me preguntó inclinándose para tocarme la mano–. A lo mejor a ti te escucha.

–Lo intentaré, pero no le aseguro nada.

Bastian sonrió.

–He visto fotos vuestras en la prensa. Parece un hombre enamorado.

Solté una carcajada a pesar de que sus palabras me ofrecieron una chispa de esperanza.

–Haré lo que pueda –le prometí tanto por su bien como por el mío.

Si Matteo no podía perdonar a un hombre moribundo, ¿qué esperanza podría tener yo de que tuviéramos una relación de amor verdadera?

Me pasé el resto del día nerviosa, preguntándome cuándo volvería a verlo y si tendría el valor de hablar con él, pero por fin esa noche apareció en nuestra habitación.

No dijo nada al verme acurrucada en un sillón junto a la ventana con los postigos abiertos. Era primavera y el aire de la noche era cálido. Sin embargo, dentro de nuestra habitación hacía frío. Demasiado frío.

–¿Dónde has estado, Matteo? –pregunté intentando usar un tono más de curiosidad que de acusación–. No te he visto en todo el día.

–He estado ocupado –respondió él, y desapareció en el cuarto de baño.

Un momento después oí el ruido de la ducha y al

cabo de veinte minutos, Matteo salió del baño y, sin mirarme, se puso unos pantalones y un polo.

–Matteo…

Estaba de espaldas a mí. No quería hablar conmigo y de pronto sentí ganas de rendirme, pero entonces recordé la clase de esposa que quería ser, una que no se rendiría al primer obstáculo que encontrara.

–Tenemos que hablar.

Por supuesto que Daisy quería hablar. Me había pasado el último día y medio lejos de ella, trabajando, porque centrarme en el trabajo anulaba el resto de pensamientos y recuerdos que me aporreaban el cerebro.

Y ahora, por mucho que quería seguir sumido en el trabajo porque era mi salvación, sabía que no podía. Me giré y me crucé de brazos.

–Muy bien.

–Tu abuelo ha hablado conmigo esta mañana. Matteo, quiere tu perdón…

–Pues no lo va a tener. No quiero hablar de esto, Daisy, y, sinceramente, no tiene nada que ver contigo.

–¿Lo dices en serio?

–Que te haya contado mi historia con ese hombre no te da derecho a entrometerte.

–¿Entrometerme? ¿Crees que es eso lo que estoy haciendo?

–Sí.

–Sé que te hizo daño…

–No te imaginas cuánto, pero, de todos modos, no quiero tu compasión. No te la he pedido.

–Quiere tu perdón, Matteo. ¿No puedes respetarlo en eso?

—No, la verdad es que no.

—No tiene la culpa de no haber sido lo suficientemente fuerte para quererte como debería haberte querido...

—¿Eso es lo que te ha dicho? ¡Será...!

—Se está muriendo...

—¿Así que se te ha puesto lastimero? Lleva murién-
dose tres años.

—No tienes más que mirarlo para saber que es verdad, Matteo.

—Pues entonces muy bien, hasta nunca.

—¿Cómo puedes ser tan cruel?

Abrí la boca para preguntarle si sabía lo que había
hecho, lo que era capaz de hacer, pero me contuve
porque yo ya conocía la respuesta. Ella no lo sabía porque yo no había querido contárselo y no iba a hacerlo
ahora.

Habíamos terminado. El nuestro no era un matrimonio de verdad por mucho que yo hubiera insistido
en lo contrario.

—Daisy, me temo que no soy el hombre que crees.
No soy un alma torturada y delicada que abrazará a su
abuelo moribundo y le dirá que lo quiere.

—Eres un buen hombre, Matteo.

—Si un buen hombre es para ti alguien que perdona
y ama con facilidad, entonces me temo que estás equi-
vocada y eres una ingenua. Yo no soy ese hombre,
Daisy, y nunca lo he sido. Te lo advertí desde el principio, lo dejé muy claro. No me interesa la ilusión del
amor.

—¿De verdad crees que es una ilusión o solo tienes
miedo?

—No tengo miedo. Y si no puedes ceñirte a los tér-

minos de este matrimonio que establecí en un principio entonces… –me detuve porque no quería pronunciar esas palabras finales. Había sido feliz esas últimas
semanas, más feliz que nunca en mi vida.

–¿Entonces qué? ¿Quieres el divorcio?

–Solucionaremos los detalles más adelante. También tenemos que pensar en el posible embarazo –le
recordé–. No me divorciaré de la madre de mi hijo.

–Bueno, puedes estar tranquilo porque no estoy
embarazada. Esta mañana me ha bajado el periodo.

Ignoré la decepción que me invadió. Era mejor así.

–¿Entonces me voy? ¿Vuelvo a Amanos?

Me quedé allí rugiendo por dentro, queriendo
abrazarla y suplicarle que se quedara conmigo, pero
no podía hacerlo. No podía ser tan débil y vulnerable.
No podía soportar la compasión de su mirada y no
podía hacer lo que me pedía y perdonar a mi abuelo.

Por eso no dije nada y tras un maldito silencio que
pareció interminable, Daisy salió de la habitación y
me hizo darme cuenta de que me había mostrado más
débil y temeroso que nunca al dejarla marchar.

# Capítulo 16

**M**ATTY!

Sonreí a mi hermano a pesar de sentirme hundido. Habían pasado veinticuatro horas desde que Daisy había partido hacia Amanos y había sido el día más largo y horrible de toda mi vida. Lo único que me había animado habían sido las horas que había pasado con Andreas.

Desde su accidente, Andreas había vivido en la última planta de la casa de mi abuelo con habitaciones adaptadas para él y un cuidador a tiempo completo. Era feliz así y tenía todo lo que podía desear: juguetes, libros, películas… Todo lo que un hombre con la mente de un niño de ocho años podía desear.

Lo que no tenía eran atenciones por parte de su abuelo.

Antes del accidente nos habíamos llevado bien simplemente, pero después nos habíamos unido mucho.

—¿Qué es? –le pregunté, y él me habló de la ciudad que estaba construyendo con bloques de plástico.

Al cabo de unos minutos, me miró y me preguntó:

—Matty, ¿por qué estás triste?

—¿Triste? ¿Por qué crees que estoy triste?

—Lo sé. Te pareces al abuelo cuando viene a verme. Siempre triste.

Me estremecí al oírlo porque odiaba que Andreas fuera víctima de las decepciones de Bastian Arides. Su querido nieto, al que prácticamente había venerado, se había convertido en un paria y ver eso, junto con el trato que me había dado a mí, era lo que me había hecho darme cuenta de que el amor solo era una ilusión.

—No estés triste. Juega conmigo.

—Me encanta jugar contigo, Andreas —agarré una pieza—. ¿Dónde va esta?

—Aquí.

Nos concentramos en la construcción de su ciudad y aunque el dolor de haber perdido a Daisy seguía siendo profundamente intenso, al menos durante ese rato pude fingir olvidarlo un poco.

Un ruido en la puerta nos sobresaltó y me tensé al ver a mi abuelo entrar.

—¡Abuelo! —exclamó Andreas feliz de ver al anciano.

Yo lo miré de reojo. Nos habíamos evitado durante los últimos dos días y la única razón por la que no me había ido era Andreas.

—No creía que subieras aquí —dije levantándome.

—Viene todos los días —dijo Andreas—. Le gusta jugar al ajedrez, pero a mí no se me da muy bien.

—Estás aprendiendo, hijo —dijo Bastian, y algo dentro de mí se removió.

¿Estaba intentando ganarse el perdón de Andreas además del mío? ¿Estaba manipulando a un hombre con el corazón y la mente de un niño? No había pensado que pudiera caer tan bajo.

—Matteo, ¿podemos hablar?

–No hay nada más que decir.

–Sí que lo hay. Tengo que decirte algo más y necesito que lo escuches. Después serás libre de no volver a verme ni hablarme nunca.

–¿Nunca? –preguntó Andreas con voz temblorosa.

–Tranquilo, Andreas –dije–. Sigue construyendo tu ciudad. Volveré en un momento.

Salí de la habitación y Bastian me siguió hasta el pasillo.

–¿Qué pasa?

–Sé que no me merezco que me escuches, pero, Matteo, ¿hay algo que pueda ayudar a que me perdones? Sé que me equivoqué al tratarte como lo hice. Me justifiqué diciéndome que lo hacía porque estaba sufriendo por la pérdida de Marina. La quería como a mi propia hija y me dolió mucho ver que tú llegabas al mundo tan sano y robusto mientras ella se marchitaba.

–No fue culpa mía.

–Admito que fui injusto. Estaba furioso y también avergonzado por tener un nieto ilegítimo. No consideraba que te merecieras los mismos privilegios y afectos que Andreas y, además, me recordabas a tu padre, que supuso una decepción tan dolorosa para mí. Dejé que eso me nublara el juicio. Lo admito.

–¿Y ha cambiado algo o solo tienes miedo porque te enfrentas a la muerte?

–Quiero morir en paz, sí.

Se le veía viejo y frágil, pero intenté que no me importara. Intenté no admitir la pena que sentía por dentro porque no había motivos para sentir pena por ese hombre.

–Me ocupé de ti, Matteo –añadió con una triste sonrisa–. No como lo hice con Andreas, lo sé, pero intenté cumplir con mi deber.

–¿Tu deber? ¿Matarme de hambre era tu deber? ¿Abofetearme por solo sentarme era tu deber? ¿O encerrarme en el armario? –dije soltando con esas palabras décadas de tanto dolor.

–¿De... de qué estás hablando?

–Ya sabes de qué estoy hablando. Eleni, la niñera que contrataste para que me cuidara, me dejó muy claras cuáles eran tus órdenes y cómo tenía que tratar al bastardo con el que habías tenido que cargar.

–Matteo, admito que no te traté justamente, fui duro y frío, pero no sabía nada de eso. No ordené nada semejante.

–Sí, claro que sí. Me lo dijo. Y, de todos modos, cuando te veía, me despreciabas por completo. Nada de lo que yo hacía te parecía lo suficientemente bueno. Por mucho que me esforzara o lo intentara, tú ni te inmutabas. Siempre me ignorabas e insultabas.

–Sí, lo admito. No fui el hombre que me gustaría haber sido. No fui lo suficientemente fuerte. Me molestaba tener que necesitarte. Sentía que tenías que haber sido tú y no Andreas el que tuvo el... –sacudió la cabeza–. Me equivoqué, lo sé, pero yo nunca habría consentido ese maltrato del que me hablas. Por favor, aunque no puedes perdonarme, al menos créeme.

Sacudí la cabeza. No sabía qué creer.

Durante toda mi vida el duro trato de mi abuelo hacia mí me lo había enseñado todo: a no ser nunca vulnerable, a no mostrar miedo nunca, a no confiar nunca en el amor. Eso había forjado mi alma y no podía deshacerme de ello con tanta facilidad. Si lo hacía, no sabía en quién me convertiría. Tal vez en un hombre que podría amar y que se dejaría amar.

—¿Y Andreas? Después de su accidente también lo ignoraste y nunca fuiste a visitarlo. Le negaste tu amor.

—Admito que lo evité porque me resultaba demasiado doloroso verlo así, pero desde hace años he estado visitándolo, Matteo, y todos los días. Lo sigo queriendo. Siempre lo querré.

—¿Y a mí? —dije a pesar de odiar pronunciar esas palabras.

—Ojalá hubiera podido quererte de niño. Te lo merecías. Pero que te rebelaras en la adolescencia cimentó mi ira y mi amargura. No debería haber permitido que me pasara eso. Y ahora… ahora veo a un hombre con una voluntad indomable, una audaz ética del trabajo y una lealtad hacia los que amas. Siempre has sacado tiempo para Andreas.

—Es mi hermano.

—Y para tu mujer.

Solté una carcajada.

—Durante los primeros tres años de matrimonio no la vi ni una sola vez.

Y tal vez no debería haberla vuelto a ver nunca.

—Pero ahora la amas. Lo veo en tus ojos… en todo lo que haces. Y sé que eres un hombre que lucha por lo que quiere y por quien quiere.

Se detuvo y entonces pronunció las palabras que llevaba esperando oír toda mi vida.

—Te quiero, Matteo. No espero que lo creas o que te importe, pero te quiero como a un hijo. Me gustaría haberlo hecho antes y haber podido demostrártelo.

Sacudí la cabeza como negándolo aunque se me

empezaron a saltar las lágrimas. Mi abuelo me lanzó una mirada de pesar, de dolor y de amor. Por primera vez vi amor en sus ojos.

–Lo siento, hijo.

–Daisy, vuelves a estar en los cielos –dijo Maria riéndose.

–En las nubes –le recordé forzando una sonrisa a pesar de que por dentro me sentía hundida–. Lo siento, estoy un poco distraída.

Llevaba dos días en Amanos y me sentía como una muerta viviente porque algo había muerto dentro de mí cuando Matteo me dejó marchar.

–Daisy –dijo Maria poniéndome una mano en el hombro con mirada de preocupación–. ¿Qué pasa?

Y, entonces, para mi vergüenza y alivio, rompí en llanto y terminé contándole toda la historia, de principio a fin, mientras las lágrimas me recorrían la cara.

–No me quiere, Maria –dije al terminar–. Confié en que con el tiempo aprendería a amar, pero no creo que sea capaz.

–Estás enamorada de él y él está enamorado de ti. Está claro. Está enamorado, sin duda.

–Maria, fue tan duro, tan cruel…

–¿Esperabas que perdonara a su abuelo así, sin más? Daisy, sufrió por ese hombre durante muchos años. El perdón es un proceso, no se perdona en un instante.

–¿Crees que le he exigido demasiado al pedirle que perdonara a su abuelo?

–Sí, y te apartó de ese modo tan frío porque estaba furioso y sufriendo aunque no te lo demostrara. La madre de Antonio, mi marido, era una mujer muy cruel y brusca, pero, cuando murió, él sufrió mucho porque había perdido algo. Había perdido la esperanza de que algún día ella le demostrara su amor.

—No había pensado en eso.

Mis propios miedos y deseos me habían cegado y me habían impedido ver lo que Matteo había estado sintiendo.

—Creo que he sido una estúpida y ahora es demasiado tarde.

—Podrías ir a buscarlo.

—No sé dónde está.

—Pues averígualo.

Estuve nerviosa todo el día, dividida entre el miedo y una salvaje y desesperada esperanza, pero, cuando reuní el valor de llamar a Arides Enterprises, me dijeron que se había marchado esa mañana y que no volvería en al menos una semana.

¿Adónde había ido? ¿Podría encontrarlo?

Esa misma tarde, mientras estaba sentada en la terraza intentando disfrutar de la puesta de sol, en la distancia oí el zumbido de un helicóptero y al ver que tenía grabadas las iniciales «A» y «E», la esperanza me invadió junto con un estremecimiento de puro terror. ¿Y si Matteo venía para decirme que quería el divorcio?

Al cabo de unos minutos lo vi bajar del helicóptero y dirigirse hacia la casa, y en ese momento decidí que no iba a esperar; iba a luchar.

Abrí la puerta y salí corriendo descalza.

—Matteo…

—No digas nada.

–Pero…

–Déjame hablar primero.

Asentí sin saber qué o cuánto esperar.

–Daisy, te quiero.

Abrí la boca incrédula mientras una intensa alegría me envolvía cálida y dulcemente.

–Tenías razón, tengo miedo.

–¿Qué ha pasado? ¿Qué te ha hecho cambiar de opinión?

–He vuelto a hablar con mi abuelo y se ha sincerado conmigo y yo con él. Había cosas que no sabía y cosas que no sabía yo. No lo he perdonado aún o, al menos, no completamente. Quiero hacerlo y lo estoy intentando, pero es complicado.

–Lo sé, Matteo. Debería haberme dado cuenta antes. Te he pedido demasiado…

–Puedes pedirme lo que quieras, Daisy. Siento mucho haberte apartado de mi lado. Te he hecho daño y no puedo soportarlo.

–Te perdono y entiendo que no te resulte fácil lo de tu abuelo…

–Gracias. Ven aquí –dijo Matteo extendiendo los brazos.

Y yo fui hacia ellos con alegría y alivio.

–Te pediría que te casaras conmigo, pero ya estamos casados. Y te pediría que hiciéramos que nuestra relación fuera real, pero ya lo es. Es lo más real que tengo en mi vida. Así que lo que te pediré es que pases el resto de tu vida conmigo, Daisy, y que me dejes quererte y que aprendas a quererme…

–Matteo, ¡ya te quiero! Me enamoré de ti hace mucho tiempo. Tal vez aquel primer día en Amanos o tal vez incluso en aquella condenada fiesta.

–¿En aquella fiesta? ¡Pero si fui un grosero!

Me reí y lo abracé.

–Pero fuiste «mi» grosero y no pude resistirme a ti.

–Yo tampoco puedo resistirme a ti. No me dejes nunca, Daisy. No me vuelvas a permitir que te deje marchar.

–No lo haré –prometí.

–Y nunca dejes de quererme.

–No podría y no lo haré.

–Ahora me doy cuenta de que tenías razón al decir que el amor es más que un sentimiento. Es mucho más –me abrazó con más fuerza y me besó–. Es una acción, una elección. Te quiero, Daisy Dias.

–Y yo te quiero a ti, Matteo.

La felicidad y el amor me embargaron y agarrados el uno al otro entramos en casa.

Sí, el amor era una elección. Una elección maravillosa.

Él podría salvarla...
**pero sus caricias iban a ser su perdición.**

## CARICIAS PRESTADAS

Natalie Anderson

Katie Collins no podía creer que estuviese delante del conocido playboy Alessandro Zeticci, pidiéndole que se casase con ella. Estaba desesperada por escapar de un matrimonio no deseado, organizado por su despiadado padre de acogida y la única solución que se le había ocurrido era encontrar ella otro marido. Alessandro no había podido ignorar la desesperación de Katie e iba a acceder a casarse con ella si era solo de manera temporal. No obstante, con cada caricia, Alessandro tuvo que empezar a preguntarse si iba a ser capaz de separarse de su novia.

# Acepte 2 de nuestras mejores novelas de amor GRATIS

## ¡Y reciba un regalo sorpresa!

## Oferta especial de tiempo limitado

**Rellene el cupón y envíelo a**
**Harlequin Reader Service®**
3010 Walden Ave.
P.O. Box 1867
Buffalo, N.Y. 14240-1867

**¡Sí!** Por favor, envíenme 2 novelas de amor de Harlequin (1 Bianca® y 1 Deseo®) gratis, más el regalo sorpresa. Luego remítanme 4 novelas nuevas todos los meses, las cuales recibiré mucho antes de que aparezcan en librerías, y factúrenme al bajo precio de $3,24 cada una, más $0,25 por envío e impuesto de ventas, si corresponde*. Este es el precio total, y es un ahorro de casi el 20% sobre el precio de portada. ¡Una oferta excelente! Entiendo que el hecho de aceptar estos libros y el regalo no me obliga en forma alguna a la compra de libros adicionales. Y también que puedo devolver cualquier envío y cancelar en cualquier momento. Aún si decido no comprar ningún otro libro de Harlequin, los 2 libros gratis y el regalo sorpresa son míos para siempre.

416 LBN DU7N

| | |
|---|---|
| Nombre y apellido | (Por favor, letra de molde) |
| Dirección | Apartamento No. |
| Ciudad | Estado | Zona postal |

Esta oferta se limita a un pedido por hogar y no está disponible para los subscriptores actuales de Deseo® y Bianca®.
*Los términos y precios quedan sujetos a cambios sin aviso previo.
Impuestos de ventas aplican en N.Y.

SPN-03                    ©2003 Harlequin Enterprises Limited

# DESEO

**El reencuentro inolvidable de dos amantes**

Una noche
con su ex
KATHERINE
GARBERA

Cuando en la fiesta de compromiso de su hermana, Hadley Everton se reencontró con Mauricio Velasquez, su examante, la pasión entre ellos volvió a avivarse. Pero lo que debía ser un último encuentro de despedida había despertado en ellos el deseo de darse una segunda oportunidad. Con el temor de un embarazo no deseado y un escándalo mediático amenazando su futuro, ¿podrían comprometerse esta vez a pasar juntos el resto de sus vidas?

# Bianca

## Chantajeada por un millonario

# DESEO Y CHANTAJE

### Lynne Graham

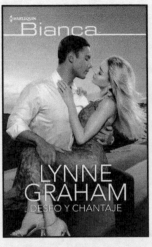

Elvi no podía creer que su intento por apelar al corazón de Xan Ziakis hubiera terminado tan mal. Pero, si quería salvar a su madre, no tenía más remedio que aceptar la indecente condición del griego: que se convirtiera en su amante.

Desde luego, Xan era un hombre impresionante, y tenía un fondo sensible que solo podía ver Elvi. Pero, ¿cómo reaccionaría cuando se diera cuenta de que su nueva amante era virgen?